ハヤカワepi 文庫
〈epi 21〉

愛のゆくえ

リチャード・ブローティガン
青木日出夫訳

epi

THE ABORTION :

An Historical Romance 1966

by

Richard Brautigan

Translated by
Hideo Aoki
Published 2002 in Japan by
HAYAKAWA PUBLISHING, INC.
This book is published in Japan by
arrangement with
THE ESTATE OF THE AUTHOR
c/o SARAH LAZIN BOOKS
through TUTTLE-MORI AGENCY, INC., TOKYO.

献辞

フランク

なかに入って――
本でも読んでいてくれ――
それは居間の
テーブルの上にある。
ぼくは二時間
ほどで
戻って来る

リチャード

目次

愛のゆくえ

第一部　バッファローの娘さんたち、今夜、出て来ないかい？

図書館

これは完全に調和した、みずみずしくも、アメリカそのものの、美しい図書館である。今は真夜中で、図書館は夢見る子供のようにこのページの暗黒のなかにたっぷりと引きこまれている。図書館は「閉館」してはいるが、ここがわたしの住処で、それも何年も前からのことだった。ここに住めば家に帰るまでもなかったし、それにここは二十四時間つめていなければならなかった。それがわたしの勤めの一部なのである。小役人のようないい方はしたくないが、だれかが来て、わたしがいなかったらどうなるかと考えると怖くなるのだ。

わたしは暗くなった本棚を見つめながら、もう何時間もこのデスクの前にすわっていた。本が棚にあるということ、そしてその本が体を横たえている木をいかにも敬っている感じが、わたしは好きだ。

外はもうすぐ雨になるだろう。

雲が一日じゅう、青っぽい空と戯れ、重そうな黒い衣裳を運びこもうとしていたが、今のところ雨は一滴も降っていなかった。

図書館は九時に「閉館」したが、だれかが本を持ちこんで来たときには、ドアのそばにいつでも鳴らせる鐘があり、わたしがなにをしていようとその鐘を鳴らせば、かならずわたしを呼び出せる……眠っていても、料理をしていても、食べていても、あるいはもうすぐ戻って来るヴァイダと愛を交わしていても。

ヴァイダは十一時三十分に仕事がひける。

鐘はテキサスのフォート・ワースから来た。その鐘を持って来てくれた人は今はこの世にはなく、だれも彼の名前を知ることがなかった。彼は鐘を持ち込み、テーブルの上に置いた。その男は当惑した様子で、もう何年も前におたがいによく知り合うこともなく去って行った。それは大きな鐘ではないが、冴《さ》えた銀色の細い音色で耳に親しく伝わってくる。

本はよく夜遅くか朝早くに持ちこまれる。その本を受け取るために、わたしはここにいなければならない。それがわたしの仕事なのだ。

わたしは図書館を朝九時に「開館」し、夜九時に「閉館」するが、ここには一日二十四時間、一週七日間、本を受け取るためにいる。
二、三日前の午前三時に、お婆さんが本を持って来た。鐘の音は、まるで遠くのほうからわたしの耳に注ぎこんでくるハイウェイの騒音のように、わたしの眠りのなかで鳴った。

その音にヴァイダが目をさました。

「なんの音？」ヴァイダがいった。

「鐘の音だよ」わたしはいった。

「ちがうわ、本の音よ」

わたしはヴァイダに自分が出るから、このままベッドで眠りなおすようにいった。わたしは起き上がり、新しい本を図書館にきちんと迎えられるような服装に着換えた。

わたしの服は高価なものではないが、気持ちよく、見た目にもすっきりしていて、みんなはわたしという人間がそこにいることでほっとする。来訪者はわたしを見ると安心する。

ヴァイダはまた眠った。長い髪の毛をまるで扇形をした黒い湖のように枕の上に拡げ、とてもすばらしく見えた。カバーをめくり上げて、長々とベッドに横たえたヴァイダの姿態を見つめないではいられなかった。

馥郁《ふくいく》とした香りが、そこに動かずに劇的に横たわっている、世にも妙なるヴァイダの体の上に、まるで宙に浮く庭園のように漂っていた。

わたしは部屋を出て、図書館の明かりをつけた。朝の三時だというのに、図書館はとても陽気に見えた。

お婆さんが玄関ドアの厚いガラスの向こうで待っていた。図書館はとても昔風なので、ドアは宗教的な慈愛さえ漂わせている。

そのお婆さんは相当に興奮しているようだ。もうかなりの年で八十歳にはなるだろう、はっきり貧しいとわかる服装をしている。

しかし、たとえ……金持ちであろうと貧乏人であろうと……来訪者は同じ奉仕を受け、差別をつけられることはまったくあり得ない。

「書き終わったところです」お婆さんはわたしがドアを開けるよりも前に、厚いガラス越しにいった。その声はガラスのために相当に弱まって聞こえたが、歓びにあふれ、想像力にはちきれんばかりで、若々しい活気で燃え上がっていた。

「それはよかったですね」わたしはドア越しに言葉を返した。わたしはまだドアを開けるまでにはいたっていなかった。ガラス越しにわたしたちは同じ興奮を分かち合った。

「終わりましたよ！」八十にもなると思えるお婆さんはそういって図書館に入って来た。

「おめでとう」わたしはいった。「本を書くということはほんとうにすばらしいものですね」

「ここまで歩きづめで来ました」お婆さんはいった。「真夜中に家を出たんです。こんなに年をとっていなければ、もっと早くここに着いたでしょうにね」

「どこにお住まいなのです？」わたしはいった。

「キット・カーソン・ホテルです」お婆さんはいった。「そうなんです、本を書き上げましたよ」それから、お婆さんはその本をまるでこの世でもっとも大事なもののように誇らかにわたしに渡した。ほんとうに大事なものなのだ。

それは全国どこに行っても見つかるようなルーズリーフ式のノートブックであった。どこの文房具店にも置いてあるはずだ。

表紙には厚ぼったいラベルが糊《のり》づけされていて、その貼紙には緑色のクレヨンで、太々と題名が書きこまれていた。

『ホテルの部屋で、ロウソクを使って花を育てること』
　　チャールズ・ファイン・アダムズ夫人著

「すばらしい題ですね」わたしはいった。「この図書館には、このような本はまだ一冊もありません。これがはじめてですよ」

そのお婆さんは四十年前に老けこみ、若さがガスとなって抜け出て風化してしまった顔に大きな笑いを浮かべた。

「この本を書き上げるのに五年かかりました」とお婆さん。「わたしはキット・カーソン・ホテルに住んでいて、自分の部屋で花をたくさん育てています。わたしの部屋には窓がひとつもないので、ロウソクを使うしかありません。ロウソクがいちばん効き目がありました。

ほかにもランタンや虫眼鏡で育てたこともありますが、どれもあまりうまくいきませんでした。とくにチューリップやスズランにはね。

懐中電灯を使って花を育てようとさえしたんですけど、これは失望以外のなにものでもありませんでしたね。マリーゴールドに三、四本の懐中電灯を使ってみましたが、充分じゃなかったようです。

ロウソクがいちばんです。花はほら、あの燃える蠟《ろう》の匂いが気に入っているようでした。ロウソクを見せるだけで、花は大きくなりはじめます」

わたしは本に目を通すことにした。これはわたしに課せられた役目のひとつであった。実際、それができるのは、わたししかいないのだ。その本は赤と緑と青のクレヨンで描かれていた。その絵のなかに、花が生育している、お婆さんのホテルの部屋を描いた絵があった。

部屋は小さく、そこにはたくさんの花が咲いていた。花は罐《かん》や瓶《びん》や壺に植えこまれ、燃えるロウソクにすっかり囲まれていた。

部屋は大聖堂のなかのようだ。

ほかにもホテルの前支配人の絵やエレベーターの絵があった。そのエレベーターから察しても、ホテルは憂鬱なところにみえる。

ホテルの支配人はその絵からすると、とても不幸せそうで、疲れていて、休暇が必要のようである。その支配人は視野に入ろうとしているなにかを肩越しに見ようとしているみたいだった。彼としては見たくないのだが、厳としてそのなにかがそこにあるといった感じだ。その絵の下には次のような説明がついていた。

キット・カーソン・ホテルの支配人
エレベーターのなかでお酒を飲み、シーツを盗んだために馘《くび》にされる。

その本は四十ページほどの長さだった。いかにも面白そうな本で、この図書館の蔵書の一冊として歓迎されるだろう。

「お疲れでしょう」わたしはいった。「どうぞおすわりください。インスタント・コーヒーでもよければ、お入れしましょうか？」

「それはすばらしいわ」お婆さんはいった。「花についてのこの本を書くのに五年もかかりました。一生懸命でした。花が好きなんです。わたしの部屋に窓がないのがほんとうに残念です。でも、ロウソクを使ってできるかぎりのことはしてきました。チューリップもよく育ってますよ」

わたしが部屋に戻って来たとき、ヴァイダはよく眠っていた。わたしが明かりをつけると、その光でヴァイダは目をさまし、目をしばたたいた。そしてヴァイダの顔の皮膚は、美しい女がとつぜん目をさまされたのだが、まだ完全にさめきらないでいるときに帯びる、あの柔らかな大理石のような肌をしていた。

「どうしたの？」ヴァイダはいった。「また、本なのね」彼女は自分の質問に答えるようにいった。

「そうだよ」わたしはいった。

「どんな本？」ヴァイダは温和な人間レコードのように自動的にいった。

「ホテルの部屋で草花を育てる話さ」

わたしはやかんをかけ、ヴァイダのそばにすわった。ヴァイダは体を丸くし、頭をわたしの膝の上にのせたので、わたしの膝は濡れたような黒い色の髪の毛にすっぽりとつつまれた。

乳房が片方見えた。すばらしい！

「ホテルの部屋で花を育てるってどういうことなの？」ヴァイダがいった。「そんなに簡単なものじゃないはずよ。ほんとうの話はどうなってるの？」

「ロウソクの明かりを使ったのさ」

「ふーん」ヴァイダはいった。彼女の顔は見えないが、ヴァイダが微笑んでいることはわかっていた。この図書館について、ヴァイダは変な考えを持っていた。

「お婆さんが書いたんだ」わたしはいった。「花が大好きなんだが、ホテルの部屋には窓がない、それで、ロウソクの明かりで花を育てたんだ」

「おや、まあ」ヴァイダはこの図書館のことになるといつもきまって使う調子の声でいった。彼女はこの図書館を気味悪がっていて、あまり気に入っていなかった。

わたしは答えなかった。コーヒーの湯がわいたので、わたしはインスタント・コーヒーをスプーンに一杯分すくい、それをカップに入れた。

「インスタント・コーヒー？」

「うん」わたしはいった。「本を持って来たお婆さんに作ってあげているんだ。相当の年でね、そのうえ、とても遠いところから、ここまで歩いて来たらしいんだ。それでコーヒーでもと思ったのさ」

「そりゃそうでしょうね。チェーサーに硝酸アルミはどう？　これは冗談。手伝いましょうか？　起きるわ」

「いいよ」わたしはいった。「ぼくひとりでできるさ。きみが作ってくれたクッキーはみんな食べてしまった？」

「いいえ」ヴァイダはいった。「クッキーはそこの袋に入れておいたわよ」ヴァイダはテーブルの上の白い紙袋を指さしていった。「チョコレート・クッキーがふたつほど残っているはずよ」

「なんでクッキーを袋なんかに？」

「さあ、なんでかしら」ヴァイダはいった。「どうして、みんなはクッキーを袋なんかに入れるのかしら？　ただ、そうしただけ」

ヴァイダは顎《あご》を肘《ひじ》にのせて、わたしを見守っていた。彼女はまったく信じられない存在だ。彼女の顔、彼女の目、彼女の……

「まさにそのとおり」わたしはいった。

「わたしのいってること正しい？」ヴァイダは眠そうにいった。

「そうさ」わたしはいった。

わたしはコーヒーのカップを取り、それを罐に入ったミルクと砂糖とそれにクッキーをのせた小さな皿といっしょに小さな木の盆にのせた。

この盆はヴァイダがわたしにプレゼントにくれたものだった。それを彼女はコスト・プラス・インポーツで買って来て、わたしを驚かせた。わたしは驚くのが好きだ。

「じゃ、またあとで」わたしはいった。「もう一度眠るといい」

「いいわよ」といってヴァイダはカバーを頭の上に引っ張った。さらば、愛する者よ。

わたしはコーヒーとクッキーをお婆さんのところに持って行った。お婆さんは肘をついてテーブルにすわっていて、半分まどろんでいた。その顔は夢を見ている顔だった。

お婆さんの眠りを妨げたくはなかった。夢がどんなに大切なものかわかっていたからだ。

しかし、悪いが……「もしもし」わたしはいった。

「あら、まあ」お婆さんは、はっきりと夢からさめていった。

「コーヒーはいかがです」わたしはいった。

「まあ、嬉しい心づかい」お婆さんはいった。「眠気をさますのにもってこいですよ。遠くから歩いて来たので少しばかりくたびれました。明日まで待ってバスでここに来ればよかったんでしょうが、すぐにも本を持って来たかったのです。なにしろ、真夜中に書き終えたばかりで、これには五年も心血を注いできたんですからね」

「五年です」五年という言葉を、まるで自分が大統領で、ホテルの部屋でロウソクを使って育てた草花が閣僚で、わたしは図書館長官である国の名でもあるかのように、くり返していった。

「この本を今、登録しますからね」わたしはいった。

「なんてすてきな響きでしょう」お婆さんはいった。「おいしいクッキーだこと。あなたが自分で焼いたのですか？」

お婆さんがわたしにする質問にしては変な質問だと思った。以前にこんな質問は受けたことがなかった。その質問はわたしを仰天させた。クッキーについての質問などに、人はふいをつかれて、おかしなくらい動揺するものだ。

「いいえ」わたしはいった。「ぼくが焼いたんじゃありません。友人が作ってくれたんです」

「とにかく、だれが焼いたにしてもクッキーの焼き方をよく知ってる人ですよ。チョコレートがすばらしい味です。ほんとうのチョコレートの味ですよ」

「それはよかった」わたしはいった。

本を登録する時がきた。ここの図書館明細元帳には受け取ったすべての本を登録することになっている。それは毎日毎日に、毎週毎週に、毎月毎月に、毎年毎年に受け取ったすべての本の記録である。それらはすべて元帳に記入される。

わたしたちは本の跡をたどるためのデューイ十進分類法や索引システムは使っていない。この図書館に入って来た本は図書館明細元帳に記録し、それからその本を著者に戻す。著者は図書館のなかであればどこにでも、自分が気に入った棚ならどこにでも、自由に置くことができる。

どこに本を置こうとちがいはない。だれもここには本を調べには来ないし、だれも本を読みには来ないからだ。ここはそういった種類の図書館ではない。別な種類の図書館なのである。

「ほんとうにおいしいクッキーだこと」お婆さんは残りのクッキーをたいらげていった。

「チョコレートの風味が特別。お店では買えません。あなたのお友だちが焼いたんですの?」

「そうです」わたしはいった。「とても仲のいい友だちです」

「とにかく、おいしいですわ。最近ではここまでのものはできませんからね、そうでしょ？」

「ええ」わたしはいった。「チョコレート・クッキーはおいしいものです」

ヴァイダがそのクッキーを焼いた。

すでにお婆さんはコーヒーを最後の一滴まで飲んでいて、もう一滴も残っていないのにまたカップを口に持って行った。最後の一滴を二度まで飲んだのに、カップに一滴も残すまいと確かめたがっていた。

お婆さんはさよならをいう準備をしているのがわたしにはわかった。椅子から立ち上がろうとしていたからだ。このお婆さんが二度と戻って来ないことはわたしにはわかっていた。これがこのお婆さんのただ一度の図書館への訪問となるだろう。

「本を書くのはとてもすばらしいことでした」お婆さんはいった。「それも終わった今は、わたしのホテルの部屋とわたしの花のもとに帰れます。とても疲れました」

「あなたの本」わたしはそれをお婆さんに渡しながらいった。「図書館のなかで好きなところに、あなたが気に入った棚に、自由に置いてください」

「まあ、嬉しいこと」お婆さんはいった。

お婆さんは本をゆっくりと、大勢の子供たちがある種の潜在意識に導かれて自分の本をよく置く区域に持って行った。

五十歳を超えた人でそこに本を置いた人がこれまでにいたとは記憶していないが、しかし、お婆さんは子供たちの手に導かれたかのようにそこに行き、ホテルの部屋でロウソクの光で草花を育てることに関する本を、インディアン（プロ）に関する本とイチゴのジャムについての絵入りの、大変に将来有望な小論文のあいだに置いた。

お婆さんはとても幸せそうに、図書館からキット・カーソン・ホテルの自分の部屋に、そこでお婆さんの帰りを待っている草花のもとにゆっくりと歩いて帰って行った。

わたしは図書館の明かりを消し、盆を自分の部屋に持って行った。図書館のなかはよく知っていたので暗がりのなかでも行動できた。部屋へ戻る途中は、草花やアメリカやこの図書館のここにある写真のように眠っているヴァイダのことを考えたので気持ちがなごんだ。

自動車事故

この図書館は、このような場所を求める圧倒的な要求と願望の結果、実現した。こういう図書館がなんとしてでも必要だった。そのたっての願いで、たいして大きくはない、それに現在のところ職員はわたしひとりきりということの図書館が存在するようになったのである。

　図書館は古く、サン・フランシスコ地震前の黄色いレンガ造りの家で、カリフォルニア九四一一五、サン・フランシスコ、サクラメント・ストリート三一五〇に位置している。本は郵便では受け取らないことになっている。自分で持って来なければならない。それがこの図書館の規則のひとつである。

　わたしの前に大勢の人がここで働いた。かなりあわただしく人が代わった。わたしは三十五人目か三十六人目の図書館員だった。ここの要求を満たせるのはわたしひとりだけだったし、わたしは自由だったので、この職を得たのだった。

　わたしは三十一歳で、正式の図書館員教育を受けたことはなかった。この図書館を運営するのに適当な別の教育を受けていた。わたしは人を理解し、自分のしていることが好きだったからだ。

　今、この仕事ができるのはアメリカ広しといえどもわたしひとりきりだろう。そしてそれが今わたしのしていることなのだ。ここでの仕事が終わったあとは、なにかほかのことを探すつもりだ。未来にはたくさんのことがわたしを待ちかまえていると信じている。

　わたしの前の図書館員は三年間ここにいたが、子供たちが怖くてついに辞めざるを得なくなった。子供たちがなにごとかを企んでいると思いこんだのである。今は老人ホームに住んでいる。先月、葉書をもらったが、読解不能だった。

その前の図書館員は暴走族を六カ月間やめて、ここに在住した青年だった。そのあと、この若者はもとの暴走族に戻ったが、どこにいたかは仲間には話さなかった。

「この六カ月間、いったいどこにいた？」仲間たちが彼に聞いた。

「おふくろの面倒をみてたんだ」彼は答えた。「おふくろは病気で、熱いチキン・スープがたくさん必要だったのさ。ほかにもっと聞きたいことは？」それ以上質問はなかった。

その前の図書館員はここに二年間いて、それからとつぜん、オーストラリアの草原に移った。それ以来、彼からはなんの音信もない。生きているという噂《うわさ》を聞いたが、また同時に死んだという噂も耳にした。しかし、彼がなにをしているにしても、死んでいようと生きていようと、彼がオーストラリアの草原にまだいることは確信が持てた。というのも、彼は二度と戻って来る気はなかったし、もしふたたび本を目にしたら、喉《のど》を切って死ぬといっていたからだ。

その前の図書館員は妊娠したので辞めた若い女性だった。ある日、彼女は若い詩人の目がきらりと輝くのを認めた。二人は今はミッション・ディストリクトに同棲《どうせい》していて、もはや若くはない。しかし彼女には美しい娘がいて、詩人のほうは失業中である。二人はメキシコに移りたがっている。

ふたりについていえばそれは間違いだと、わたしは思う。メキシコに行って、アメリカに戻って来るとすぐに別れたカップルを大勢見てきたからだ。もしおたがいにいっしょにいたいなら、メキシコには行くべきではないだろう。

その女性の前の図書館員はここに一年間勤めた。彼は自動車事故で死んだ。自動車がコントロールを失くして、図書館に衝突した。とにかく、それで彼は死んだ。わたしは今もってこのことが想像できない。図書館はレンガでできているからだ。

二十三の作品

ああ、これらの本の暗闇のなかにこうしてすわっているのはほんとうにいい気持ちだ。わたしは疲れていない。今夜は持ちこまれて来る本の数が平均的な夜だ。二十三の作品がわたしたちの棚の上に歓迎されている。

わたしは、二十三冊の本の題名と著者とそれぞれの本を受け取ったときのことを少しばかり図書館明細元帳に書きこんだ。最初の本は六時半頃に持ちこまれた。

『ぼくの三輪車』チャック著。著者は五歳で、まるでそばかすの竜巻《たつまき》におそわれたような顔をしていた。その本には題名もなく、なかには絵だけで、言葉は一語も入っていなかった。

「きみの本の名前はなんていうの?」わたしはいった。

少年は本を開いて、三輪車の絵をわたしに見せた。それはエレベーターのなかで逆立ちしているキリンのように見えた。

「ぼくの三輪車です」少年はいった。

「すばらしい」わたしはいった。「それできみの名前は?」

「それ、ぼくの三輪車です」

「そうとも」わたしはいった。「とてもすてきだ。だけど、きみの名前は?」

「チャック」

その小さな少年は本をデスクの上に突き出すようにして置き、それから、「ぼく、もう行かなきゃ。ママが妹と外で待ってるんだ」といいながら、ドアのほうに向かった。

わたしはその本を少年の好きな棚に置いていいんだよと話そうとしたが、そのときには小走りに出て行ったあとだった。

『革の衣服と人類の歴史』S・M・ジャスティス著。著者は大変なオートバイ狂で、たくさんの革製品を着こんでいた。彼の本はすべて革でできていた。ともかく、その本は印刷されていた。革の上に印刷された二百九十ページの本を今までに見たことがなかった。

著者が図書館員のわたしに本を手渡したとき、彼はいった。「ぼくは革が好きな人間が好きだ」

『愛はいつも美しい』チャールズ・グリーン著。著者は五十歳くらいの男で、この本を書いた十七歳のときから、この本を出版してくれる出版社を探しつづけてきたといった。

「この本は出版を拒否された回数では世界記録の保持者でしょう」彼はいった。「四百五十九回、断わられ、今はわたしも年をとりましたよ」

『ステレオと神』リンカーン・リンカーン師著。著者は、神はわれわれのステレオを監視しているといった。わたしにはその意味がわからなかったが、彼はその本を勢いよくデスクに打ちつけるようにして置いた。

『パンケーキ・プリティ』バーバラ・ジョーンズ著。著者は七歳で、かわいい白のドレスを着ていた。

「この本はパンケーキのことを書いたの」と少女はいった。

『サム・サム・サム』パトリシア・エヴァンズ・サマーズ著。「これは文学的エッセーの本です」とその女はいった。「わたしはいつもアルフレッド・ケイジンとエドマンド・ウィルソンを崇拝してきました。とくに『ねじの回転』に関するウィルソンの評論には」彼女はエドマンド・ウィルソンにほんとうによく似た五十代後半の女性だった。

『ネブラスカの歴史』クリントン・ヨーク著。著者は四十七歳くらいの紳士で、ネブラスカには行ったことはないが、この州にはいつも興味を持ってきた、といった。

「わたしは子供のときから、ネブラスカしか頭になかった。ほかの子供たちはラジオを聴いたり、自転車に血道をあげたものだ。わたしはネブラスカに関してのものならなんでも読んだ。どうしてこんなことになったのかはわからない。しかし、いずれにしても、この本はこれまでにネブラスカに関して書かれたもっとも完璧《かんぺき》な歴史だ」

その本は七巻あって、図書館に来たとき、彼はこれらをショッピング・バッグに入れて運んで来た。

『彼は夜どおしキスをした』スーザン・マーガー著。著者はかつていちどもキスをされたことがないような平凡な中年婦人だった。その女性の顔に唇があるかどうかを見るために、二度彼女を見なければならなかった。その婦人の口が鼻の下にほとんど隠れているのを見て驚いたのだった。「キスについてなんです」とその婦人はいった。

彼女は今となっては年をとりすぎていて、ほかに口実が見つからないのだ。

『オオジカ』リチャード・ブローティガン著。著者は背が高く、ブロンドで、時代遅れな風貌を与えている、長い黄色い口ひげをはやしていた。ほかの時代なら、もっとくつろいでいるように見えたろう。

これは彼がこの図書館に持って来た三冊目か四冊目の本であった。新しい本を持って来るたびに、少しずつ年をとって、少しずつ疲れて見えた。最初の本を持って来たときには、とても若々しく見えた。その本の題名は思い出せないが、それはアメリカに関するもののようだった。

「これはどういう本です?」彼がわたしになにか尋ねてほしいような顔をしていたので、わたしは聞いた。

「ただのもう一冊の本にすぎません」

彼がわたしに尋ねてもらいたがっていると思ったのは間違っていたようだ。

『それは暗闇の女王だぜ』ロッド・キーン著。著者はオーバーオールを着、ゴム長靴をはいていた。「おれ、市の下水で働いているんだ」彼はわたしに本を渡しながらいった。「こいつはSFだ」

『あなたの服は死んでいる』レス・スタインマン著。著者は古代ユダヤ人の仕立屋であるかのように見えた。とても年をとっていて、ドン・キホーテのためにシャツを仕立てているふうだった。

「どんなものです」と彼はその本をまるで布切れのように、ズボンの片脚のように示しながらいった。

『ジャック、ある猫のものがたり』ヒルダ・シンプソン著。著者は十二歳くらいの少女で、成熟期にさしかかっていた。グリーンのセーターにレモン大の乳房をしていた。見た目にも感じよく思春期を迎えようとしていた。

「今夜は、なにを持って来たの？」わたしはいった。

ヒルダはすでに五冊か六冊の本を持って来ていた。

「わたしの猫のジャックについてよ。彼はほんとうに高貴な動物なの。わたしはそのジャックのことを本にして、ここへ持って来て、彼を有名にしようと思ったの」彼女は微笑を浮かべていった。

『台所のドストエフスキー』ジェイムズ・ファーロン著。著者はこの本はドストエフスキーの小説のなかに出てくる献立の料理本だといった。

「そのなかのいくつかは、なかなかのものですよ」彼はいった。「ドストエフスキーが料理したものはみんな作って食べてみました」

『わたしの犬』ビル・ルイス著。著者は七歳で、少年は本を棚に置いたとき、ありがとうといった。

『オンブレ』カントン・リー著。著者は七十歳くらいの中国人の紳士だった。

「ウェスタンです」その中国人はいった。「馬泥棒の話です。ウェスタンを読むのがわたしの趣味でしてね。それで自分でも書いてみようと決心したのです。書けないはずがないですよね。わたしはフェニックスのレストランで三十年間、コックとして働きましたからね」

『ヴェトナムの勝利』エドワード・フォックス著。著者は、ヴェトナムではそこに住む人間をすべて殺す以外には勝利は達成できないという、きわめて生真面目な青年だった。その住民を全員殺したあと、その国を蔣介石《しょうかいせき》に託せば、そこから中国を攻撃できると勧めた。

「時間の問題さ」と青年はいった。

『印刷屋のインキ』フレッド・シンカス著。著者はもとはジャーナリストで、彼の持って来た本は酒びたりの手で書いているのでほとんど読めなかった。「そらよ」と彼はいって、わたしに本を渡した。「二十年間だ」彼は危なっかしい足取りでぎくしゃくしながら図書館を出て行った。

わたしはその場に立って自分の手のなかにある二十年分を見下ろしていた。

『ベーコンの死』マーシャ・パターソン著。著者は顔に苦悩の表情を浮かべていた以外は、まったく特徴のない若い婦人だった。想像もつかないほど脂ぎったこの本をわたしに手渡すと、恐怖にかられたように図書館を逃げだして行った。その本は実際、一ポンド分のベーコンのように見えた。わたしはその本を開こうとしたが、その内容がなんであるかを知って、心を変えた。その本をフライにしていいのか、棚に置いていいのかわからなかった。

ここの図書館員であるということは、ときには挑戦である。

『UFO対CBS』スーザン・デヴィット著。著者は年配の婦人で、サンタ・バーバラの彼女の妹の家で書かれたこの本はCBS（コロンビア放送網）を乗っ取ろうとする火星人の謀略についてのものであると話してくれた。

「みんな、この本のなかにあります」とその婦人はいった。「去年の夏の空飛ぶ円盤のことは覚えているでしょ？」

「ええ」わたしはいった。

「そのこともすべてここに書かれてますよ」と婦人はいった。その本はなかなか立派で、すべてが確かにそこに入っていると思えた。

『卵は二度かえった』ベアトリス・クイン・ポーター著。著者は、この詩集は彼女がサンホゼの養鶏場に二十六年住んでいたあいだに発見した知恵を集大成したものであるといった。

「詩とはいえないかもしれませんし」と彼女はいった。「わたしは大学には行かなかったけれど、鶏に関してはぜったいに自信があるわよ」

『朝食が先』サミュエル・ハンバー著。著者は旅行中の朝食は絶対に必要欠くべからざるもので、あまりにも多くの旅の本がそれを見過ごしているので、朝食が旅しているときにどんなに大切かについての本を書く決意をしたといった。

『鋭敏な森』トーマス・ファネル著。著者は三十歳くらいで、科学的にものを考える人のように見えた。髪の毛は薄くなりかけており、彼はこの本についてしきりに話したがっているようだった。

「この森は普通の森より鋭敏なんだ」と彼はいった。

「これを書くのにどれくらいかかりました？」とわたしは聞いた。著者がこの質問をしてもらいたがっているのがわかった。

「おれが書いたんじゃない」彼はいった。「お袋から盗んでやったのさ。いい気味だ。あのくそ婆あ！」

『合法的な堕胎の必要性』ドクター・オー著。著者は医者で、三十代後半の神経質な男だった。本の題名は表紙にはなかった。なかは丁寧にタイプされ、長さは三百ページほどであった。

「これがわたしにできるすべてです」とその医者はいった。

「ご自分でこの本を棚に置きますか？」わたしはいった。

「いいや」彼はいった。「あなたが好きなようにしてください。わたしにできることはもうありません。まったく恥ずかしい代物です」

　図書館の外では今、雨が降りだした。雨が窓に打ちかかり、本のあいだにこだまするのが聞こえる。本たちは、わたしがヴァイダを待っているうちに、この美しい活気に満ちた暗闇のなかで雨が降っているのを知っているようだった。

　バッファローの娘さんたち、
　今夜、出て来ないかい？

　今ここで、ほとんどの蔵書はもはやここにないことをいっておかなければならないだろう。この建物は大きくないので、何年にもわたって持ちこまれた本をすべて保存しておくことはできない。
　この図書館は一八七〇年代の後半、サン・フランシスコに移転する前から存在した。そして一九〇六年の地震と火事にあったときも、一冊も消失しなかった。ほかのだれもが首を切られた鶏のように走りまわっているあいだも、この図書館の人たちは注意深かった。恐慌状態に陥ることもなかった。
　この図書館はクレイ・ストリートからサクラメント・ストリートに下るブロック全体におよんでいる斜面に建っている。わたしたちはそのブロックのほんの一部を占めているだけで、残りは背の高い草や薮《やぶ》が生い茂り、ワインの瓶《びん》の捨て場所であり、恋人たちの密会場所となっていた。

クレイ・ストリートの側から、緑色の、にぎにぎしい草薮を縫って注ぎこむように下っている古いセメントの段がいくつかあって、そこにはトマス・エジソンの兄弟分のような古くさい電燈が背の高い金属製のアスパラガスの茎の上にのっかっている。

その電燈はかつては階段の二番目の踊り場だった上にある。明かりはもうつかず、なにもかもがあまりにもはびこりすぎていて、まず第一にそこにかつてなにかがなぜ存在したかを説明するのも難しいくらいである。

図書館の裏の階段をおりきったところは、ほとんど緑色の草のなかに消えるようにして横たわっている。

しかし、表側の芝生はきちんと手入れされている。ここが完全にジャングルのように見られたくないからだ。そうなれば、訪ねて来る人が怖がって逃げてしまうかもしれない。

小さな黒人の少年が毎月、芝生を刈りに来る。少年に払う手間賃はないが、少年は気にかけない。少年が芝を刈るのは、わたしが好きだからであり、それにわたしは図書館のなかにいなければならないので、芝を刈れないことを知っているからである。わたしは新しい本をいつでもすぐに迎えられるように、このなかにいる必要があった。

今は芝生にはタンポポがたくさん生えていて、それといっしょに、何千というデイジーがそこここにはびこっていて、まるでルーディ・ガーンライイヒがデザインしたロールシャッハ・テストの図案のようだ。

タンポポは孤独で、だいたいが自ら孤立を守っているが、しかし、デイジーときたら！　重いガラスのドアから覗《のぞ》いただけでそれがわかった。

ここは犬が目をさます早朝から絶え間なく犬の吠え声に浸り、それは犬が眠りにつく夜遅くまで続く。そのうえ時には、犬はそのあいだに吠えることもある。

わたしたちはペットの病院からほんの数軒くだったところにいる。そして、病院は見えないが、ほとんど犬の吠え声がやむことはなかった。そういうわけで、いつしか犬の吠え声に慣れてしまっていた。

最初、わたしは犬のうるさい吠え声が憎かった。その気持ちは常にわたしにあった。犬嫌いというやつだ。しかし、ここへ来て三年目になる今、わたしは犬の吠え声に慣れたし、もはや気にもならなくなった。実のところ、好きになることさえある。

ここには本棚の上のところに高い弓形窓があって、二本の緑の木が窓をおおうようにそびえており、その枝を糊《のり》のようにガラス窓に拡げている。

わたしはこの木々が好きだ。

ガラスのドア越しに、通りをへだてて、大きな白い車庫があって、急病や事故で、絶えず車が出入りしている。車庫の前部には青色の大きな文字があった。ガルフ。

図書館がサン・フランシスコに来る前は、しばらくはセント・ルイスにあり、それから長いあいだニューヨークにあった。どこかにオランダ語の本がたくさんあるはずである。

この建物が小さすぎるために、何千冊という本をほかの場所に保管せざるをえなかった。この小さなレンガの建物には、一九〇六年の大地震のあと安全だとわかってから引っ越したのだが、ここには充分な場所がない。

とてもたくさんの本が書かれ、意図的に、あるいは運命で、ここにいきつく。この図書館が設立されて以来これまでに、モデル・T・フォード車に関する本百十四冊、バンジョーの歴史に関する本五十八冊、バッファローの皮剝《かわは》ぎに関する本十九冊を受け取っている。本の受領を記録するために使った元帳はすべてここに保管しているが、本そのものはほとんどが北カリフォルニアにある密閉された洞窟《どうくつ》に保存されている。

わたしは洞窟の本の保管には関係がない。それはフォスターの仕事である。わたしが図書館を出られないので、彼は食料も運んでくれる。彼は数カ月ここには現われていない。また飲んだくれているのだろう。

フォスターは酒が好きで、飲み友だちを見つけるのは彼にとってはなんの雑作もないことだ。フォスターは四十歳くらいで、いつも、天候がどうあろうと、雨であろうと晴れであろうと、暑かろうと寒かろうと、Tシャツを着ている。彼のTシャツは、死だけが彼の体から引きはがせる永遠の被服なので、どんなTシャツであろうと変わりはない。

フォスターは長い、バッファローの毛のように重いブロンドの髪をしていて、汗をかいていないことがなかった。彼は太りすぎの体型で、とても人なつっこく、陽気で愉快な男といってもよく、人を、それがまったくの赤の他人でも魅《ひ》きつけてその連中に酒をおごらせるほどの魅力があるのだ。洞窟の近くの木材の町々で一カ月間飲みまわり、木こりと気炎をあげ、インディアンの娘を追いかけて森のなかを走りまわっている。

そのうちに彼が、真っ赤な顔をし、二日酔いのまま、大きな緑色のヴァンを運転してここへやって来て、さんざんいい訳をし、洞窟に持って行く大量の本をヴァンいっぱいに積みこむことだろう。

第二部　ヴァイダ

ヴァイダ

わたしがはじめてヴァイダと会ったとき、彼女は間違った体に生まれついていて、人の顔をまともに見られず、彼女を包含しているものから、這《は》い出て隠れたがっていた。

それはサン・フランシスコでの去年の暮れのことだった。

ある夕方、ヴァイダは仕事を終えて、図書館にやって来た。図書館は「閉館」していて、わたしはコーヒーを入れながら、その日図書館に持ちこまれた本のことを考えていた。

それらの本の一冊は、革の翼を持ち、夜、人気《ひとけ》のない校庭を飛び、教室に入れてくれと要求する大ダコに関してであった。

コーヒーに砂糖を入れているとき、わたしは鐘がほんの微《かす》かに鳴るのを聞いたが、いつもそれだけで、わたしの注意を喚起し、わたしを呼び出すのに充分だ。

わたしが部屋を出、図書館の明かりをつけると、若い娘が重々しい宗教的なガラス戸の向こうで待っていた。

その娘はわたしをはっとさせた。

肩のあたりまで垂れている、コウモリの羽ばたきのような髪の毛をした、信じられないくらいデリケートな美しい顔もさりながら、彼女にはことのほか尋常でないものがあったが、それがなんであるかは、はっきりとつかめなかった。彼女の顔が完全な迷宮のようで、それがわたしを瞬間的に非常に心をまどわすものからわたしを引き離したからだ。

わたしがドアを開けて、なかにその娘を入れるあいだ、彼女はわたしをまともに見ようとはしなかった。腕になにか抱えているようだった。茶色い紙袋に入っていて本のようだった。

洞窟行きがまた一冊。

「こんばんは」わたしはいった。「どうぞ」

「ありがとう」その娘は図書館にぎこちなく入って来た。それがあまりにもぎこちないので、わたしは驚いた。わたしを見ようともしなければ図書館のなかを見ようともしない。なにかほかのものを見ているようだ。その見ようとしているものは、わたしの前にも後ろにも、脇にもない。

「なにをお持ちです？　本？」わたしは感じのよい図書館員に聞こえるように、それで彼女がくつろげるようにと願っていった。

その娘の顔はほんとうにデリケートだ。口、目、鼻、顎《あご》、頬の曲線、すべてが美しい。見つめるのが苦しいくらいだ。

「ええ」彼女はいった。「こんな遅くにほんとうにすみません」

「いいえ」わたしはいった。「とんでもない。遅くなんかありません。こちらのデスクのほうに来てください。あなたの本を図書館明細元帳に記録しますから。ここではそうするのです」

「わたし、どんな手続きをするのかと思ってたところなんです」

「遠くからいらっしゃったのですか？」わたしはいった。

「いいえ」その娘はいった。「仕事がひけたところですの」

その娘は自分自身をも見ていなかった。わたしには彼女がなにを見ているのかわからなかったが、なにかをとても一心に見つめていた。その見つめているものは彼女自身の内部にちがいないとわたしは思った。彼女にだけ見える形をしているにちがいない。

その娘はぎこちなく、ほんとにびっくりするほどぎこちなくデスクのほうに向かって来たが、彼女の奇妙にデリケートな顔は、そのぎこちなさがどこから来るのかつきとめるのをまたも忘れさせるものだった。

「ほんとうにこんな遅くにお邪魔して申し訳ありません。そのことはわかっているんです」娘は一種絶望的にいった。それから彼女が見つめていたものから自分を切り離し、電光石火の速さでわたしを見やった。

その娘はわたしの心を乱しはしたが、彼女が考えているふうに邪魔をしているというわけではなかった。その娘にはダイナミックといっていいほど調和のとれていないものがあったが、まだ、それがなんであるかが、わたしにはわからなかった。彼女の顔がまるで環状になった鏡のように、それからわたしの気持ちをそらしてしまう。

「いいえ、とんでもない」わたしはいった。「これはわたしの仕事で、ほんとうに好きでやっているのです。ここ以外に、わたしの居場所はありません」

「なんですって?」その娘はいった。

「仕事が気に入っているといっているのです」わたしはいった。

「あなたが幸せなのはいいことですわ」と彼女はいった。その幸せという言葉をまるで望遠鏡を通して遠くから見ているようにいった。それはキリストその人が天から発した言葉のように聞こえた。

そのとき、わたしは彼女をこれほどまでに奇妙に感じさせたものがなにかに気づいたのだった。娘の顔はとてもデリケートで完璧《かんぺき》なのだが、そのいかにも脆そうな顔に比べて、彼女の肉体が異様に発達していたのである。

とても大きな、豊かに成長した乳房、信じられないほど細い腰、広い、豊満なお尻、そしてそれはほっそりとした、長いすばらしい脚に続いていた。

彼女の肉体はきわめて官能的で、欲望を喚起した。一方、その顔はボッティチェリ的で、邪念など入らないくらい清純そのものだった。

とつぜん、娘はわたしが彼女の体を意識していることに気づいた。ひどく顔を赤らめて紙袋のなかに手を入れ、本を取り出した。

「これがわたしの本です」娘はいった。

彼女は本をデスクに置くと、すぐさま後ろにさがりそうになった。後ろにさがろうとしたが、そこで気持ちを変えた。もういちど彼女がわたしを見やったとき、わたしは、彼女の肉体が城で、なかにはお姫さまが住んでいるかのように彼女のなかにいるだれかが覗いているのを感じた。

その本は、ごくありきたりの茶色い包み紙を貼りつけていたが、その上には題名は書きこまれていなかった。その本は凍《い》てつく熱に燃えている、一片のむき出しの地面のようだった。

「内容は？」わたしは片手に本を持ち、そのなかから、ほとんど憎悪に近いものが出てくるのを感じながらいった。

「これについてです」そういうと、その娘はふいに、ほとんどヒステリックに、コートのボタンをはずし、そのコートを、まるで責め道具と苦痛と強烈な自白に満ちた恐ろしい牢《ろう》獄《ごく》のドアででもあるかのように、勢いよく開いた。

その娘はブルーのセーターとスカート、それに当時はやりの黒い革のブーツをはいていた。その着物の下には、映画スターや美人コンテストの女王やショーガールが死んだようなメーキャップを羨望《せんぼう》でじくじく滲《にじ》み出させるほど、すばらしく豊かで発達した体があった。

その娘は、今世紀の西洋の男が女性はこうあってほしいと願う極限の状態にまで発達していた。大きな乳房、細い腰、豊満なお尻、《プレイボーイ》誌好みの長い脚。宣伝マンがもしその娘を広告に扱うなら彼女を国立公園にでもしかねないくらい、彼女は美しかった。

そのとき娘の青い目が涙で渦巻きはじめ、彼女は泣きだした。

「この本はわたしの体についてなんです」彼女はいった。「わたしは自分の体が憎いんです。わたしには大きすぎます。だれかほかの人の体なんです。わたしんじゃない」

わたしはポケットに手を突っこみ、ハンカチとミルキー・ウエイを取り出した。人が困っているときや心配しているときには、なにもくよくよすることはないといって、かならずミルキー・ウエイをあげることにしている。これに人は驚くが、同時に気持ちをほぐすことになる。

「なにもかもきっとよくなります」とわたしはいった。

わたしはミルキー・ウエイを娘にやった。彼女は驚いてそれを手に持ち、じっと見つめていた。それから、わたしは彼女にハンカチを渡した。

「涙を拭くといいですよ」わたしはいった。「それから、ミルキー・ウエイでも食べていてください。そのあいだにシェリーを持って来ますから」

娘がミルキー・ウエイの包み紙を、それがまるで遠い未来の世紀から来た道具ででもあるかのように、放心状態でいじっているあいだに、わたしはシェリーを取りに行った。わたしたちはふたりともアルコール分が必要だと考えたのだ。

わたしが戻って来たとき、彼女はミルキー・ウエイを食べていた。「どうです、おいしいでしょ」とわたしは微笑を浮かべていった。

キャンディをあげるというばかばかしい行為にその娘はほんの心持ち、微笑を浮かべ、わたしのほうをほぼ正面から見た。

「こちらにおすわりください」わたしはテーブルと何脚かの椅子のあるほうを身振りで示していった。娘は自分の体を持てあまし気味にすわった。すわったあとも、まだすわっている途中のようだった。

わたしはそれぞれのグラスにこの図書館が提供できる唯一のガロのシェリーを注いだ。

それから、わたしたちがそこにすわってシェリーを飲んでいるうちに、わたしたちのあいだに一種の気まずい沈黙がやどった。

わたしはこの娘に、あなたは美しいし、そのことで後悔すべきでない、自分自身を放棄してしまうなんて間違っていると伝えようとしたが、すぐに気持ちを変えた。

彼女が聞きたがっているのはそんなことではないし、わたしがほんとうにいいたいことでもない。とにかく、わたしにはそんなことをいうよりも、もう少し思慮があった。わたしたちはふたりとも、わたしが最初に話そうとしたことを聞きたいとは思っていなかった。

「名前は？」わたしはいった。

「ヴァイダ。ヴァイダ・クラマーです」

「ヴィーダと呼ばれるのと、ヴァイダと呼ばれるのとどちらがお好きですか？」

彼女は微笑を浮かべた。

「ヴァイダよ」

「年齢は？」

「十九歳。もうすぐ二十歳になります。この十日に」

「大学には？」

「いいえ、夜、働いているんです。しばらく州立大学に行って、それからカリフォルニア大学に行ってたんですけど、自分がつかめませんでした。今は夜、働いています。うまくいっています」

ヴァイダはわたしを見ていた。

「本は書き終わったばかりなんですか？」わたしはいった。

「ええ、昨日書き終わりました。わたしのような人間であることがどんなものかをいいたかったのです。今のわたしにできることといえばそれしかないように思えました。十一歳のとき、わたしのバストは三十六インチもありました。六年生のときです。

それからの八年間、わたしは何百万という卑猥《ひわい》な冗談の種であり、対象物であり崇拝物でした。七年生のとき、みんなはわたしを〝ポイント〟と呼びました。かわいい渾名《あだな》でしょ？　こんなにうまいつけ方はないでしょうね。

わたしの本はわたしの体についてです。ほんとうのわたしでないものに這い寄られ、吸い取られるのがどんなに恐ろしいかについてです。わたしの姉の体こそわたしのほんとうの姿なんです。

恐ろしいことです。

何年ものあいだ同じ夢をくり返して見ます。それは真夜中に目をさまし、姉の寝室に入って行き、姉と体を交換する夢です。わたしは自分の体を脱いで、姉の体を着るのです。姉の体はわたしにぴったりなのです。

朝、目をさますと、わたしはわたし自身のほんとうの肉体をしていて、姉は今わたしがつけているこのひどい肉体をしています。あまり誉められた夢じゃないことはわかっていますが、十代のはじめの頃はしょっちゅう、こんな夢を見ていました。

今のわたしという女であることがどんなものか、あなたにはわかってもらえないでしょう。どこへ行ってもかならず、口笛を吹かれ、声をかけられ、唸《うな》り声をあげられ、大なり小なり卑猥な言葉を浴びせられるのです。それにわたしが会う男の人たちはその場でわたしと寝たがります。わたしは間違った肉体を持ってしまいました」

ヴァイダは今はわたしをまっすぐ見つめていた。彼女の眼差《まなざ》しは、この世界にすっかり腰を落ち着けて立っているたくさんの窓のついた建物と同じように、確固として動じない。

ヴァイダは続けた。「わたしのこれまでの人生はすべてひとつの苦痛でした。わたし、わたしにはわかりません。肉体的に美しいことがどんなに恐ろしいものか、恐怖以外のなにものでもないということを告げたくてこの本を書いたのです。

三年前に、ある男の人がわたしの体のために自動車事故で死にました。そのとき、わたしはハイウェイ沿いに歩いていました。家族と海岸に行っていて、もう我慢できなくなっていたところでした。

家族はわたしに水着を着るようにいいました。『恥ずかしがらないで、くつろいで、楽しみなさい』って。わたしは周囲の注目を浴びてみじめもいいところ。八十歳の老人がソフト・クリームを足もとに落としたときには、もうどうにもやりきれなくて服に着換えて、海岸からハイウェイに沿って散歩に出ました。どこかに行かないではいられなかったのです。

ひとりの男が車でやって来ました。彼は車のスピードを落とし、ポカンとわたしに見惚《みほ》れていました。わたしは彼を無視しようとしたんですけど、彼はとてもしつこい人でした。どこを走っているのか、なにをしているのかも忘れて、ついに車ごと汽車に突っこんでしまったのです。

　わたしが駆け寄ったとき、彼はまだ息がありました。彼はわたしの腕のなかで、わたしを見つめたまま死にました。ほんとうに恐ろしいことです。わたしたちの体は血だらけで、彼はわたしから目を離そうともしません。骨の一部が腕から突き出ていました。彼の背中がとても変に感じられました。死ぬときに彼は『きみは美しい』といいました。それこそ、わたしが永遠に完全であると感じるために必要なものだったのです。

　わたしが十五歳のとき、ひとりの生徒が化学の時間に塩酸を飲みました。わたしがデートしなかったからです。彼はもともと少しばかり異常でしたが、それでもいい気持ちはしませんでした。校長先生は、わたしにセーターを着て学校に来ることを禁じました」

「みんなこのせいです」ヴァイダは自分の体に向かって、雨が降るときのような身振りをしながらいった。「これはわたしじゃありません。それがやることに対して責任を負えるわけがないでしょう。ほかの人からなにかを得ようとしてこの体を利用する気はありませんし、そんなことは一度だってしたことがありませんでした。

　わたしはそれから隠れることにすべての時間を費やしてきたほどです。自分の体がまるでB級映画に出て来る怪物であるかのように、それから隠れることに一生を費やすなんて想像できますか？　それでいて、毎日、この体を、食べるために、眠るために、そしてあるところから別のところに行くのに使わなければならないのです。

お風呂に入るときはいつも、吐き気を催しそうなほどです。わたしは間違った皮膚のなかにいるのです」

こういったことを話しているあいだ、ヴァイダはわたしから目をそらさなかった。わたしは公園の像のような感じがした。わたしはヴァイダと自分に、シェリーをもう一杯ずつ注いだ。夜が明ける前までに、相当量のシェリーが必要になりそうだ。

「わたしにはなんといっていいかわかりません」とわたしはいった。「わたしはただの図書館員です。あなたが美しくないというふりはわたしにはできません。それはあなたがこの世でほかの場所、たとえば中国とかアフリカにいるとか、でなければ、あなたはほかのもの、たとえば植物とかタイヤとか冷凍の豆とかバスの乗り換え切符だというふりをするようなものです。わかりますか？」

「わかりません」とヴァイダはいった。

「真実なんです。あなたはとてもきれいだし、それは変わりようがないでしょう。だから、そう納得してそれに慣れたほうがいいんじゃないですか」

ヴァイダは溜息《ためいき》をつき、それから不器用にコートを脱ぎ取り、それをまるで野菜の皮でもあるかのように彼女の背後の椅子にかけた。

「わたしは、いちどはぶかぶかした形のない服を、ムームーのようなものを着ようとしましたが、うまくいきませんでした。間が抜けた人間に見えるのにあきたからです。この肉体をおおうのと、ヒッピーと呼ばれるのとは別のことです」

それから、ヴァイダはわたしににっこりと笑っていった。「とにかく、それがわたしの悩みです。ここから先どうなるのでしょう？　この次はいったいなにが？　キャンディ、まだあります？」

わたしはポケットから一本抜き取るふりをした。するとヴァイダは大声で笑った。それは気持ちがよかった。

とつぜん、ヴァイダは非常に熱心に注意をわたしに向けはじめた。「あなたはなぜこんな変な図書館にいらっしゃるのですか？」彼女はいった。「敗北者がその本を持って来るようなこんなところに。あなたにすごく関心があります。あなたの話を聞かせてください。キャンディの図書館員さん」

喋《しゃべ》っているあいだヴァイダは微笑を浮かべていた。

「ここで働いているのです」わたしはいった。

「それは簡単すぎますわ。どこからいらしたのです？　どこへいらっしゃるのです？」

「そう、わたしはありとあらゆることをやってきました」わたしはいやに年寄りじみたい方をした。「罐詰《かんづめ》工場や製材所やいろんな工場で働いたあと、こうして今ここにいるのです」

「どこに住んでいらっしゃるのです？」

「ここです」わたしはいった。

「この図書館に？」彼女はいった。

「そうです。裏に小さな台所とトイレがついた大きな部屋があります」

「お部屋、見せてくださる？」ヴァイダはいった。「急にあなたのことが知りたくなりました。こんな寒気がするようなところで働いているあなたのような年寄りじみた若い人がこの仕事でもうまくやり遂げるとは思えませんわ」

「ずいぶんはっきりとものをいう人だ」わたしはいった。実際、わたしは急所をつかれたからだ。

「そういったことには鋭いんです」彼女はいった。「病的かもしれませんが、馬鹿じゃないつもりです。あなたのお部屋に案内してください」

「それが、どうも」わたしは少しばかり逃げを打っていった。「ちょっとばかり規則にはずれているので――」

「冗談でしょう」ヴァイダはいった。「こんなところに規則にはずれているといったようなことがあるのですか？　こんなことをいうつもりはないんですけど、ここでは相当に変わったやり方をしてるんですのね。ここはちょっと風変わりな図書館ですわ」

　ヴァイダは立ち上がって、不器用に背伸びしたが、そのあとを描写するのは難しい。わたしはこのように完全な肉体に恵まれた女性を見たことがなく、その女性の魅力に今やわたしは金縛《かなしば》りにあおうとしていた。海の潮が岸に向かってくるように、抗しようもなくわたしは彼女を部屋に案内した。

「コートを持って行ったほうがいいでしょうね」彼女はいった。ヴァイダはコートを腕の下にたたみこんだ。「お先にどうぞ、図書館員さん」

「こんなことはまだしたことがない」わたしはだれにともなくどこか遠くに向かっていった。

「わたしもよ」ヴァイダはいった。「わたしたちにはいい経験になるんじゃないかしら」

　わたしはほかのことを口にしようとしたが、放心状態になって舌がもつれ、すっかり口のきけない状態になってしまった。

「図書館はこの時間にはほんとうは開いてないんでしょうね」彼女はいった。「つまり、今は真夜中過ぎで、特別な本のためにだけ開いてるんでしょ。わたしのように遅く来る人にだけ、そうなんでしょ？」

「ええ、今は〝閉館〟しています、しかし――」

「しかし――？」ヴァイダはいった。

　わたしはどうして『しかし』という言葉が出て来たのかわからなかったが、それは意味のない接続詞となってたちまち消えた。

「しかし、なんでもありません」わたしはいった。

「じゃ、明かりは消したほうがいいんじゃありません？」ヴァイダはいった。「電気を無駄にしたくはないでしょ？」

「ええ」わたしは背後でドアが閉まるのを感じながらいった。とにかく、最初は内気で不幸に見えたこの娘が、わたしにはどう処していいかわからない、なにか強力なものに変わるのがわかった。

「明かりを消したほうがいいでしょうね」わたしはいった。

「ええ」ヴァイダはいった。

わたしは図書館の明かりを消し、自分の部屋の明かりをつけた。わたしたちの背後でドアが閉まり、わたしたちの前でドアが開いたとき、わたしがつけたのはそれだけでなかった。

「あなたの部屋はずいぶんあっさりしているのね」ヴァイダはわたしのベッドにコートを置きながらいった。「気に入ったわ。あなたはわたしを含めてここに本を持って来る敗北者や変人さんとても寂しい生活を送ってるにちがいないわ」

「ぼくはこれを家庭と呼んでる」わたしはいった。

「悲しいことね」ヴァイダはいった。「ここにはどのくらい？」

「何年も」わたしはいった。なんてこった。

「お若いのによくそんなに長くいられるわね」ヴァイダはいった。「おいくつ？」

「三十一歳」

「いい年ね」

ヴァイダはわたしに背を向け、台所の食器棚を見つめていた。

「わたしを見てもいいのよ」ヴァイダは顔をちらともわたしのほうに向けないでいった。

「おかしなことだけど、あなたに見られても平気なの。ほんとのところ、いい気持ちよ。でも、そうするときには追剝《おいはぎ》みたいなことはやめてちょうだい」

わたしはその言葉に笑った。

とつぜん、ヴァイダが振り向いて、半ばわたしを見、それから、まっすぐわたしを見つめてやさしく笑った。「ほんとうに、わたしはどのくらい辛い思いをしたかわからないわ」

「なんだかぼくにもわかる気がする」わたしはいった。

「それはすてき」ヴァイダはいった。彼女が手を伸ばし、長い黒髪を撫《な》でると、コウモリが羽ばたくように髪の毛が耳もとではためいた。

「コーヒーがほしいわ」彼女はわたしを見ながらいった。

「お湯をわかしましょう」わたしはいった。

「いいえ、わたしがします」ヴァイダがいった。「おいしいコーヒーの入れ方を知ってるの。わたし特製の。カフェイン女王とはわたしのことよ」

「そいつは参った」わたしは当惑気味にいった。「申し訳ないが、インスタントしかないんだ」

「じゃ、インスタントでいきましょう」彼女はいった。「ゲームの名前にあるわね。インスタント・コーヒーを入れるのもうまいかもしれなくてよ。やってみなきゃわからないものよ」彼女は笑った。

「必要なものを取って来る」わたしはいった。

「いいえ、いいわよ」ヴァイダはいった。「わたしにやらせて。あなたのこの台所に興味があるの。あなたのことをもっとよく知りたいし、この小さな台所はその格好のとっかかりになるわ。だけど、一目見ただけで、あなたもわたしと同じなのがわかるわ。あなたもこの世にくつろいでいないわ」

「とにかく、コーヒーを取って来てあげるよ」わたしはいった。「そいつは――」

「すわってちょうだい」彼女はいった。「いらいらしてくるわ。一度にひとりしかインスタント・コーヒーは作れないものよ。わたしが必要なものはみんな見つけるから」

わたしはベッドの上に、彼女のコートのとなりにすわった。

ヴァイダはすべてを見つけ、まるでご馳走を準備するかのようにコーヒーを作った。インスタント・コーヒーのカップにこれほどの気配りと熱意を注ぐのを見たことがない。まるでインスタント・コーヒーを入れるのはバレエのようで、彼女は、スプーンとカップと水差しと鍋いっぱいの熱湯とのあいだでピルエットをしているバレリーナのようだ。

ヴァイダはガラクタをテーブルから片づけたが、そのあとでコーヒーを、そのほうが落ち着くということで、ベッドの上で飲むことに決めた。

わたしたちはベッドの上に、まるで絨毯《じゅうたん》のなかの二匹の蚤《のみ》のように気持ちよくすわって、コーヒーを飲みながら、人生について語ったのだった。彼女は、科学に関する難問のいくつかを解決すべく犬に対するさまざまな実験の効果を研究している小さな研究所の実験技師として働いていた。

「その仕事はどうやって？」わたしはいった。

「《クロニクル》紙の募集広告を通じてよ」

「サン・フランシスコ州立大学でなにがあったの？」

「うんざりしたのよ。英語の教授はわたしに恋をしたの。ほっといてっていったら、わたしを試験で落としたわ。それで腹が立って、カリフォルニア大学に転校したの」

「それでカリフォルニア大学では？」

「同じことのむし返し。英語の教授とわたしのあいだはどうなっているのかしら、とにかくわたしが近寄るのを見たら、ギロチンにかけられたようにころりと参っちゃうのよ」

「生まれたところは?」

「サンタ・クララ。もういいでしょ、あなたの質問に充分答えたわ。今度は、あなたが答える番よ、どんなふうにしてこの仕事を? あなたの話を聞かせてくださらない、図書館員さん?」

「ここを引き継いだんだ」

「ということは、新聞の広告じゃないわね」

「うん」

「どうやって、この仕事を引き継いだの?」

「ぼくの前にここにいた男が子供に我慢できなかったからさ。彼は子供たちが自分の靴を盗もうとしていると考えたんだ。ぼくはここに書き上げた本を持って来ていて、彼が図書館明細元帳にそれを書きこんでいるあいだに、子供がふたりやって来たので、彼はふるえあがってしまい、それで、ぼくがこの図書館を引き受けるから、あんたは子供が関係しないようなことをしたほうがいいんじゃないかと彼に話したんだ。彼は気が変になりそうだとぼくにいった。そういうわけで、ぼくはこの仕事を手に入れたんだ」

「ここで働く前には、なにをしてたの?」

「いろいろとやってみたさ。罐詰工場、製材場、あれやこれやの工場。女に二年ほど養ってもらったけれど、女のほうがぼくにうんざりして、ぼくを追い出した。なぜだかわからない」わたしはいった。「ここで働きはじめる前までは、まったくこみいっていた」

「ここを辞めたあとはどうするの、それともここを辞める考えはあるのかしら？」

「わからない」わたしはいった。「なんとかなるさ。別の仕事にありつくかもしれないし、もういちど、ぼくを養ってくれる女が現われるかもしれない。あるいは小説を書いて、それが映画になるかもしれない」

それを聞いてヴァイダは面白がった。

わたしたちはコーヒーを飲み終えた。ふたりともコーヒーを飲みほし、ただベッドにいっしょにすわっているだけなのにとつぜん気づいて変な気持ちになった。

「これからなにをすればいいのかしら？」ヴァイダはいった。「もうこれ以上、コーヒーは飲めないし、それにもう遅いわ」

「わからない」わたしはいった。

「いっしょに寝るというのはあまりにも陳腐すぎて馬鹿らしいわね」ヴァイダはいった。

「でも、これ以上ほかにいいことは思いつかないわ。といって家に帰ってひとりで寝たくはないの。わたしはあなたが好き。今夜はここにあなたといっしょにいたい」

「そいつは難問だ」わたしはいった。

「わたしと寝たい？」ヴァイダはわたしを見るでもなく、といって目をそらすでもなくいった。彼女の目は半ばわたしを見ており、半ばなにかほかのことを考えていた。

「ぼくたちにはほかに行くところがない」わたしはいった。「今夜、このままきみが出て行ったら、ぼくは犯罪者のような気持ちになるだろう。見知らぬ他人と寝るのは難しいことだ。何年も前に、ぼくは他人と寝るのをやめてたけれど、ぼくたちは赤の他人とはいえないね？」

ヴァイダはわたしに四分の三、目を向けた。

「ええ、他人じゃないわ」

「ぼくと寝たい？」わたしは聞いた。

「あなたと寝るのがどんなぐあいかは知らないけれど」彼女はいった。「でも、あなたといっしょだと気分がいいの」

「それはぼくの服のせいさ。くつろぐんだ。これまでいつだってそうさ。どんな服を着れば、ぼくといっしょにいる相手の気分をよくするか、ぼくにはわかってるんだ」

「あなたの服と寝る気はないわ」ヴァイダは微笑を浮かべていった。

「ぼくと寝たいかい？」わたしはいった。

「図書館員とはまだ寝たことがないの」彼女は九十九パーセント、わたしに向かっていった。あとの一パーセントは向きを変えるために待っていた。わたしは残りの気持ちも向きを変えはじめるのを見てとった。

「わたしは今夜、自分の体を象のように巨大でグロテスクなものとして棄て去ろうとしてここに本を持って来たのだけれど、今はこの不器用な器械を取り出して、この奇妙な図書館で、あなたのそばに横になりたい気持ちよ」

ティファナ

最初の最初に赤の他人の前で着ているものを脱ぐのはほんとうに抽象的なものだ。実際、それはわたしたちがあらかじめ計画していたことではなかった。肉体はほとんどそっぽを向いてしまい、この世界とは他人のようである。

わたしたちは生涯のほとんどを服の下で個々に生きているが、ヴァイダのような例外もあるのだ。彼女の肉体は、彼女自身が選んだ恐竜のいる失われた大陸のように彼女自身の外側で生きていた。

「明かりを消すわ」ヴァイダはベッドの上でわたしのとなりにすわっていった。

わたしはヴァイダが恐慌状態にあるのを知って驚いた。ついさっきまではくつろいでいたのに。まったく信じられない速さで、心理状態が変わるのだ。ぼくはこれに対して断固とした態度をとった。「いいや、消さなくてもいい」

ヴァイダの目はしばらく動くのをやめた。それは空色の飛行機のように墜落して止まった。

「ええ」ヴァイダはいった。「それはいい考えね。とても難しいことだけど、ほかに選《え》り好みはいってられないわね。いつまでもこんなふうに続くのはもうたくさん」

ヴァイダは自分の肉体をどこか遠くにあるもの寂しい谷間で、自分が山頂に立って見下ろしているかのように、身振りで示した。涙がとつぜん目にあふれてきた。今は空色の飛行機の翼には雨が降っていた。

それから、ヴァイダは泣きやんだが、涙は目に残ったままだった。わたしがもういちど見たときには、涙はもう消えていた。「明かりをつけたままにしときましょう」ヴァイダはいった。「もう泣かない。約束するわ」

わたしは手を伸ばし、二十億年たってはじめて、彼女に触れた。彼女の手に触れたのだ。わたしの指は注意深くヴァイダの指をなぞった。その手はとても冷たかった。

「冷たいね」わたしはいった。

「いいえ」ヴァイダはいった。「冷たいのは手だけよ」

ヴァイダは心持ち、不器用にわたしのほうに身を寄せ、頭をわたしの肩にのせた。彼女の頭がわたしに触れたとき、わたしは血がのぼり、神経も筋肉も亡霊のように未来に向かって拡がるのを感じた。

わたしの肩は、柔らかな白い肌とコウモリが羽ばたくような長い髪の毛にたっぷり浸った。わたしは彼女の手を離し、彼女の顔に触れた。それは熱帯だった。

「ね」ヴァイダは微《かす》かに笑いながらいった。「冷たいのは手だけだったでしょ」

彼女を鹿のように驚かせて、森に逃げこませないようにしながら、彼女の体を探ろうとするのはすばらしいことだった。

わたしはシェイクスピアのソネットの最後の行（愛は乳のみ子、ならばなにもいわずに、伸びざかりにあるものに豊かな成長を与えよう）のように、わたしの肩を詩的に動かし、同時に彼女の背中をベッドに押しつけた。

わたしが前かがみになって、ゆっくりと体をさげ、そしてやさしくやさしく彼女の口にキスをするあいだ、ヴァイダはそこに横たわり、わたしを見上げていた。わたしはこの最初のキスをどんな素振りにも、あるいは肉欲的な素振りにも結びつけたくなかった。

決　心

女の子の上半身からはじめるのか、下半身からはじめるのかを決めるのは難しいことだ。ヴァイダとなるとなおさら、どこからはじめてよいかわからなかった。まったくお手上げだ。

ヴァイダは不器用に手を伸ばし、小さな手という容器のなかにわたしの顔を入れると、なんども静かにわたしにキスをした。わたしはどこからにしろ取りかからなければならなかった。

ヴァイダはわたしを下から見つめたままで、まるでわたしが滑走路であるかのように目を離さなかった。

わたしはその容器を変え、今度は彼女の顔がわたしの両手のなかの花となった。わたしはヴァイダにキスをするあいだ、両手をゆっくりと彼女の顔からすべりおろし、首から肩へとなぞっていった。

わたしが胸もとまで着いた頃、その未来が彼女の心のなかに移動するのが見てとれた。彼女の乳房はセーターの下でとても大きく、完璧《かんぺき》なほど丸かったので、はじめてその乳房に触れたとき、わたしの胃は段梯子《だんばしご》に立っているようだった。

ヴァイダの目はわたしから一刻たりとも離れず、わたしはその瞳のなかに彼女の乳房に触れている自分の行為を見ることができた。それは短い青い稲妻のようだった。

わたしは図書館員らしく、ためらいがちだった。

「いいわ」ヴァイダはそういって、手を伸ばし、わたしの手を乳房にぶきっちょに押しつけた。もちろん彼女は、それがわたしにどのような効果を与えたかは思いもおよばなかった。段梯子がぐらぐらしはじめた。

ヴァイダはもういちどわたしにキスをしたが、今度は舌を使った。彼女の舌は熱いガラスのようにわたしの舌をすべり過ぎた。

決心の続き

ということで、上半身からはじめるように決心すると、わたしはそれを実行せざるをえなくなり、ほどなくして彼女の着ているものを取る時が来た。

ヴァイダがそれに関わり合いたくないことがわたしにはわかった。手をかすつもりはないのだ。すべてはわたしししだいだった。

なんてこった。

　この図書館で働きはじめたとき、こんなことはわたしの計画のなかに入っていなかった。ほかの図書館員がもはやできなくなった本の世話をしたかっただけのことだ。その図書館員は子供を怖がっていたが、もちろん彼の恐怖を考えるのは今となっては遅すぎた。わたしにはわたしなりの悩みができたからだ。

　この奇妙に不器用な美しい娘の本を受け取る以上の深みにはまってしまった。今や、わたしの前に横たわっている体を受け取るという事態に直面している。わたしたちの体を深《しん》ならなくなった。

淵《えん》にかけられた橋のように合わせられるように、彼女の着ているものを取り去らなければ

「きみも手伝ってくれなきゃ」わたしはいった。

ヴァイダはなにもいわなかった。ただ、わたしを見つめているだけだ。あの短い稲妻のような光が彼女の目に燃えたが、今度のは微《かす》かながら柔らかみがあった。

「どうすればいいの？」ヴァイダはいった。

「すわって」わたしはいった。

「わかったわ」

ヴァイダはぶきっちょにすわりなおした。

「両手を上げて」わたしはいった。

「とても簡単なことなのね」ヴァイダはいった。

なにが起ころうとしているにしろ、わたしは間違いなく先へ先へと進んでいた。彼女の本を丁寧に図書館に受け取って、彼女を送り出していれば簡単そのものだったろうが、それは今や、歴史かあるいは忘れられた言語の文法のようなものであった。

「これでどう？」ヴァイダはそういって、微笑を浮かべた。「なにかサン・フランシスコの銀行の出納係《すいとう》になったみたい」

「そのとおりさ」わたしはいった。「お札のいいなりにしていればいいんだ」それから、

わたしは彼女のセーターをやさしく脱がせはじめた。それはお腹からすべるように乳房の上まであがったが、一方の乳房に軽く引っかかったので、わたしは手をおろし、乳房から離さなければならなかった。それから、彼女の首と顔はセーターのなかに消え、セーターが彼女の指から抜けたときに、また現われた。

彼女の様子はほんとうにすばらしかった。そのまま、長いあいだじっとしていようと思えばいられたが、わたしは先を続けた。そうしなければならなかったのだ。ヴァイダのブラジャーを取ることがわたしの人生での使命であった。

「子供になった気分」ヴァイダはいった。彼女が横向きになったので、わたしは、背中にあるブラジャーのホックに手をかけることができた。しばらく、そのホックをいじくりまわしていた。どうもブラジャーをうまくはずせた例《ためし》がない。

「手伝いましょうか?」ヴァイダがいった。

「いいや、なんとかやれるよ」わたしはいった。「何日間か、かかるかもしれないが、はずしてみせる。気を落とさないで。そら……やった!」

ヴァイダが笑いだした。

ヴァイダはブラジャーをまったく必要としなかった。ブラジャーが家のもうひとつの余分な屋根のように取り払われ、セーターに加わったあとも、彼女の乳房はそのまま突き出ていた。やっかいな衣服の積み重ねだった。身にまとっているもののひとつひとつが奇妙な戦《いくさ》での戦利品となった。

ヴァイダの乳首は大きい豊満な乳房の拡がりの分だけ小さく、微妙な色合いをしていた。ヴァイダの乳首はとてもやさしい。それはヴァイダにはドアのようにしっかりと固定されたもうひとつの不調和であった。

それから同時に、わたしたちふたりは、彼女の足のまわりに無数に集まった動物のような、長く黒い、革のブーツを見下ろした。

「ぼくがブーツを取ってあげる」わたしはいった。

ヴァイダの上半身を終えた今、下半身にかかる時が来た。女の子にはほんとうにたくさんの部分があるものだ。

わたしはヴァイダのブーツを取り、ソックスを取った。わたしは自分の両手が小川を流れる水のように、彼女の足を撫《な》でるその感触がとても気に入った。彼女の足指はわたしが今まで見たなかで、もっともかわいらしい小石だった。

「さあ、立って」わたしはいった。今ではもう止められないところまで来ていた。ヴァイダはぶきっちょに起き上がり、わたしは彼女のスカートのジッパーをはずした。それを腰から床へ落とすと、ヴァイダはスカートをまたいで歩み出たので、わたしはそのスカートをほかの戦利品の山の上に置いた。

わたしはヴァイダのパンティを取る前に、彼女の顔をのぞきこんだ。彼女は落ち着いた表情を見せていて、相変わらず目にはあの短い、青い稲妻のような閃《ひらめ》きがあったが、その目の端にはやさしさが宿っていて、それはだんだんと拡がっていった。

わたしは彼女のパンティを脱がし、その行為は完了した。ヴァイダは身に一糸もまとわない裸で、そこにいた。

「ね？」ヴァイダはいった。「これはわたしじゃないでしょ。わたしはここにはいないのよ」彼女は両手を伸ばし、腕をわたしの首に巻きつけた。「でも、あなたのためにここにいるようにする、図書館員さん」

ふたつ（37－19－36）の独白

「どうして女の人ってこんな体になりたいのか、わたしには理解できないわ。グロテスク以外のなにものでもないのに、こんな体を作るのに必死になるんだから。やれ食餌《しょくじ》療法、手術、注射、わいせつな下着などと、どんな苦労もいとわないし、それであらゆることをやってだめだった場合には、阿呆な女たちはそんなふうに見せかけようとする。お望みなら、ほらここにただで自分のものにできるのがあるわ。ほしけりゃ取りに来ればいいのよ。

その連中ときたら、どんなことに首を突っこもうとしているか知りもしないんですからね。それともそうなりたいのかもしれないわね。きっとこういった体を利用して、お金の出入りを一変させようとしている女のように、みんな豚もいいところかもしれない。映画俳優、モデル、娼婦、とにかくお金が入ればなんだっていいのよ。

ああ、いやだ、いやだ！

どうしてこんな体が、男や女にそれほどまでに魅力があるのかしら。姉がわたしの体を持ってるのよ。背が高くて、やせている。今ここにわたしをおおっているものは、みんなわたしの力のおよばないところにあるのよ。これはわたしの乳房じゃない。これはわたしの腰でもないし、お尻でもないわ。わたしはそんなガラクタのなかにいるの。わたしが見える？　しっかり見て！　わたしはここよ、図書館員さん」

ヴァイダは両腕を伸ばして、わたしの首に巻きつけたので、わたしは両手を彼女の臀部においた。わたしはその場に立ちつくし、おたがいを見つめあっていた。

「きみは間違っている」とわたしはいった。「好もうと好むまいと、きみはとても美人で、すばらしい容器を持っているじゃないか。そりゃ、きみの求めている体とはちがうだろうが、その肉体はきみの管轄のもとにあるのだから、誇りを持って体の世話をすべきだ。難しいことはぼくにもわかっているけれど、ほかの人がなにを求め、なにを得ているかを心配することはないんだ。きみは美しいなにかを持っているんだから、それといっしょに生きるようにすべきだ。

　美はこの世でもっとも理解しにくいやつさ。セックスに飢えたティーンエイジャーの真似をすることはないよ。きみは賢明な若い女性なんだから、体を使うかわりに頭を使いはじめたほうがいい。それこそきみがしようとしていることなんだからね。

　宿命論の勝利者になることはない。人生はそんなものを引きずってまわるには、ちょっとばかり短かすぎる。この肉体はきみで、これがこの世に向けてきみの肉体が表わすすべてなんだし、自分自身から隠れることはできないんだから、自分の肉体に慣れるようにしたほうがいいんじゃないかな。

　これがきみなんだ。

　姉さんには姉さんの体を持たせて、きみはこの体に感謝し、それをどう使うかを学びはじめることだ。のんびりくつろいで、他人の面倒ごとなんか気にかけなくなれば、きっと自分の体をエンジョイできると思うんだ。

　もし、だれかれとないほかの連中の厄介事や悩みに関わり合っていたら、この世界はひとつの巨大な絞首台以外のなにものでもなくなる」

　わたしたちはキスをした。

第三部　洞窟《どうくつ》を訪ねる

洞窟を訪ねる

ヴァイダが妊娠しているとわかったとき、幸いにも洞窟にいるフォスターに連絡をとることができた。ヴァイダとわたしはそのことをとっくりと話し合った。堕胎をするという決心は、なんのいざこざもなく、やさしさのこもった必要性から穏やかなうちについた。

「まだ、子供を持つ用意ができてないわ」ヴァイダはいった。「それにあなたもでしょ、こんな風変わりな図書館で働いていたんじゃ。いずれは持つことになるでしょうけど、そのときならいざ知らず、今は無理だわ。わたしは子供が大好きだけど、今はそのときじゃない。子供に最大限かまってやれないなら、待つほうがいいと思うの。この世界にはあまりにも子供が多すぎて、愛情が足りないわ。堕胎するしかないわ」

「きみのいうとおりだと思うよ」わたしはいった。「この図書館が風変わりかどうかは知らないが、まだ子供を持てるような状態じゃない。あと何年かたてば別だが。堕胎したあとは、ピルを使うべきだろうね」

「そうね」ヴァイダはいった。「これからはピルにするわ」

それからヴァイダは微笑を浮かべていった。「わたしたち、自分の体につかまったようね」

「ときにはこういうこともあるさ」わたしはいった。

「あなたはこういったことについてなにか知っている?」ヴァイダはいった。「わたしは少しばかり知っているわ。姉が去年、サクラメントで堕胎してるけど、その前に、マリン・カウンティにある医者のところへ行っていて、そこでホルモンの注射を打ってもらったの。でも、遅すぎて効かなかったわ。注射はすぐになら効くし、堕胎をするよりはとても安くてすむのよ」

「フォスターに電話をしたほうがよさそうだな」わたしはいった。「去年、こんなふうなことになって、彼はインディアンの女の子を連れてティファァナまで行かなければならなかったことがあるんだ」

「フォスターってだれなの?」

「洞窟の面倒をみている男さ」わたしはいった。

「なんの洞窟?」

「この建物は小さすぎるんだ」わたしはいった。

「いったいなんの洞窟なの？」ヴァイダはいった。

ヴァイダのお腹の件で、わたしはあわてふためいているようだ。それを自分では気づかなかった。わたしは少しばかり気を落ち着かせてからいった。「うん、北カリフォルニアに洞窟をいくつか持っていて、そこに図書館のたいていの本を保存してるんだ。この建物は小さすぎて蔵書全部を収容しきれないからね。

この図書館はとても古いんだ。フォスターは洞窟のほうを管理している。ここには数カ月おきに来て、本をトラックに積みこんで、洞窟にしまいこむんだ。

それに彼は食べものやぼくが必要としているこまごましたものを持って来てくれる。そのほかのときは、酔っ払って、女を、ほとんどがインディアン娘だけど、追っかけてるよ。たいした奴さ。燃えっぱなしの男さ。

去年、その彼がティファナに行く羽目になったんだ。ぼくにそのことをみんな話してくれた。そこのいい医者を知っている。洞窟に電話があるから、彼にかけてみるよ。電話なんて一度もしたことがないんだ。する必要がなかった。ふだんは、ここはまったく穏やかそのものだったからね。とにかく、急いだほうがよさそうだ。電話をかけるあいだ、図書館をみててくれる？」

「もちろん」ヴァイダはいった。「いいわよ。光栄だわ。ここの図書館員になるなんて夢にも思わなかったわ。でもわたしの本を小脇にかかえてここに来たときに、それとなく感づくべきだったのね」

ヴァイダは微笑を浮かべ、短い緑色のドレスを着ていた。彼女の微笑はドレスの天辺《てっぺん》にあった。それは花のようだった。

「数分とかからないよ」わたしはいった。「そこの角に公衆電話があるはずだ。つまり、そこにあればの話だけどね。ここから長いあいだ出ていないから、公衆電話は取り払われているかもしれない」

「いいえ、まだあるわよ」ヴァイダは笑いながらいった。「図書館はわたしにまかせてちょうだい。心配いらないわ。安心していいのよ」

ヴァイダがわたしに手を差し出したので、わたしはその手にキスをした。

「いいわね?」ヴァイダはいった。

「図書館明細元帳に本をどう記入すればいいかわかるかい?」わたしはいった。

「ええ」ヴァイダはいった。「よく知ってるわよ。それに本を持って来た人に王侯を迎えるような最高の待遇で接するから。心配しないで。なにもかもうまくいくわよ。心配するのはやめてちょうだい、図書館員さん。あなたはここに長くいすぎたのよ。そのうちに、あなたを誘拐《ゆうかい》しますからね」

「待つようにいっておいてくれてもいいんだよ」わたしはいった。「ほんの二、三分で帰って来るんだから」

「さあさ、いいかげんにして！」ヴァイダはいった。「あんたのおばあちゃんを、ちょっとでいいからのんびりと揺り椅子にでも休ませてちょうだい」

外（わずかなあいだ）

ほんとうに、久しぶりのことだ。あの図書館に長い歳月いたということがこんなに時間を超越していたとは思ってもみなかった。永遠といっていいくらいだ。本という飛行機が、永遠のページを飛んでいく。

実際、外に出るということは窓やドアから外を見るのとは大ちがいだ。わたしは歩道の上を奇妙に不慣れに感じながら、歩いておりていった。コンクリートはとても固く、攻撃的であった。というより、わたしがあまりにも軽く、無抵抗だったからかもしれない。

それは考えてみる必要のあることだった。

電話ボックスのドアを開くのに大変手間どったが、ようやく、なかに入って洞窟に住んでいるフォスターに電話をかけようとしたときになって、お金をぜんぜん持ってないのに気がついた。ポケットじゅうを探したが、一セントも見つからない。図書館のなかではお金は必要ないからだ。

「もう戻ったの？」ヴァイダがいった。緑色のドレスを着、花のような頭をのぞかせて、カウンターの後ろにいるヴァイダはとてもかわいく見えた。

「お金がないんだ」わたしはいった。

まったくおかしなことに、五分間も笑いつづけたあと、ヴァイダは部屋に行き、財布を取って来ると、小銭を手いっぱいわたしにくれた。

「ほんとうに驚いた人ね」ヴァイダはいった。「ほんとうにお金の使い方も忘れてないでしょうね？　こんなふうに持つのよ」ヴァイダは銀貨を指のあいだにはさむ真似をしてみせ、もういちど笑いだした。

わたしは図書館を出た。十セント銭貨を手にして。

フォスター来る

わたしは洞窟に住むフォスターに電話をかけた。彼の電話が鳴るのが聞こえてきた。七回か八回鳴ってフォスターが電話に出た。

「どうしたんだ？」フォスターはいった。「だれだ？　なんのつもりだ？　まだ午後の一時だってのがわからないのか？　おまえはだれなんだ？　吸血鬼か？」

「ぼくだよ」わたしはいった。「この酔っ払いめ！」

「なんだ」彼はいった。「小僧か。なんだってそういわないんだ？　いったいなにが起きた？　象のことを書いた奴がその本といっしょに象でも連れて来たのか？　なら、乾草でもやっておいてくれれば、ヴァンで取りに行ってやるよ」

「おかしくって泣けてくるよ、フォスター」わたしはいった。

「悪くはないな」フォスターはいった。「おまえのそのとんでもない倉庫なら不可能なんてものはないからな。なにが起きた？」

「困ったことができたんだ」

「おまえに？」彼はいった。「おまえに困ったことがどうして起きる？　そのなかに四六時中いるんだろ？　そのおまえの青白い監獄がばらばらにくずれ落ちようとでもしてるのか？」

「ちがうよ」わたしはいった。「ぼくの恋人が妊娠したんだ」

「オヤマア、コリャマア！」フォスターはそういったあと会話がしばらく途絶えた。そのあいだ、フォスターは何百マイルも離れた電話ボックスを揺るがすような笑い声をたてていた。

ようやく、彼は笑いやんでいった。「図書館でほんとうにご活躍のようだな。だけど、いったいいつから姦淫《かんいん》がその役目のひとつになったんだ？　恋人だって？　妊娠した？

頓馬《とんま》なことをしたもんだ！」

　フォスターはもういちど大声で笑いだした。今日は、わたしを除いてみんなが笑いだす日のようだ。

「それで、どうしてほしいんだ？」フォスターはいった。「ティファナにちょいと、か？　おれの堕胎医のガルシア先生をちょいと訪ねたい？」

「そんなところだ」わたしはいった。

「なら、朝飯に何杯かひっかけて」彼はいった。「それからトラックに乗って行くから、今夜遅くにはそっちに着く」

「よかった」わたしはいった。「大助かりだ」

　それから、ほんのしばらく洞窟側の電話が沈黙した。

「金はないんだろうな？」フォスターがいった。

「ご冗談でしょ？」わたしはいった。「どこから金を手に入れる？　一銭も払ってくれないということで、こいつは世界一給料の安い仕事なんだ。きみに電話をするためにこの十セント銀貨をガールフレンドから借りたくらいだ」

「おれはまだ石に変えられたみたいだ」フォスターはいった。「まともに考えられない。どうも夕べ、有り金をみんな飲代《のみしろ》に使ったような気がする、それともそれは先週のことかな？　だから、おれも一文なしさ。これじゃ見込みなしだ！」

「ぼくの食べものはどうなる？」彼がわたしの食費も使いこんだのに気がついてわたしはいった。

「彼女は美人かい」フォスターはいった。「砂嵐の吹く真夜中にロウソクの明かりでようやく見られるっていうんじゃないのか？」

「なんだって？」わたしはいった。

「金は持って行くよ」フォスターはいった。「いい医者にかかろうとするなら、二百ドルは必要だ。ときには足もとを見て吹っかけてきたがることもある——商売っ気ってやつなんだろう——しかし二百ドルを手に握らしちゃえば医者をしっかり押さえられる。

さてと、飛行機代と、動きまわる費用が必要だし、それにガルシア先生に会ったあと彼女を休ませるホテルが必要になるかもしれないな。

バーに行って、パトロンをふたりほど見つけてひっくり返して、どのくらいポケットから金を振り落とせるかみてくるから、待ってな。今夜遅く着くから、それから、どさ回りに送り出すとするか。

おまえにこんなことができるとはな。おまえの彼女によろしくな、それになにもかもうまくいくからと伝えておいてくれ。フォスター参上つかまつる」

マスターベーション

　フォスターの奴、相変わらずだ！　わたしは図書館に戻った。わたしと入れちがいに、だれかが出て来た。十六歳くらいの少年だった。ひどく疲れていて、いらいらしているように見えた。彼は急ぎ足でわたしを通り過ぎた。

「よかった、ダーリン、迷子にならなかったのね」とヴァイダはいった。「あの角からの帰り道を見つけられないんじゃないかと心配したわ。あなたに会えてとてもすばらしい」

　ヴァイダはデスクの背後から出て来て、息せききってわたしに近寄り、たっぷりと長いキスをした。去年のあの晩遅くに図書館に来て以来、八十パーセントの不器用さは失くなった。彼女が残しているその二十パーセント分はなかなか魅惑的で興味がそそがれる。

「どんなぐあい？」ヴァイダがいった。

「うまくいった」わたしはいった。「ほら、きみの十セント銀貨だ。フォスターがやって来る。今夜遅くに着く」

「よかった」ヴァイダはいった。「これが片づけばほっとするわね。堕胎を待たなければならないとすれば厭《いや》なことね。すぐにかかれるなら嬉しいわ」

「ぼくだってさ。フォスターはいい医者を知っているからね」わたしはいった。「なにもかもうまくいくさ。フォスターがなにもかも面倒をみてくれるはずなんだ」

「よかった、ほんとうによかったわね。お金はどうなの――わたしには――」

「いいや、いいんだ」わたしはいった。「フォスターが工面してくれる」

「大丈夫なの、だって――」

「うん、大丈夫さ」わたしはいった。「今出て行った男の子はだれだい？」

「本を持って来た子よ」ヴァイダはいった。「とってもおきの感じのいい態度でその本を迎え、わたしに書けるいちばんきれいな字で図書館明細元帳に記録しておいたわ」

「ほんとうに」わたしはいった。「ぼくが本を受け取らなかったのはこの数年来、今度がはじめてだ」

「まあ、ハニー」ヴァイダはいった。「あなたはまだそこまで年はとってないはずでしょ。もっとも、あなたはそうなろうとしているみたいだけど。でも、そんなふうに考えて、頑張ってるとほんとうに年寄りになるわよ」

　ヴァイダはわたしにもう一度キスした。

「目を通してみるよ」わたしはいった。

「年をとるのを？」彼女はいった。

「いいや、本だ」

ヴァイダはそこに立ち、わたしがデスクの後ろにまわり、図書館明細元帳を開いて読むのを、にこやかに見守っていた。

『わたしの手の反対側』ハーロー・ブレイド・ジュニア著。著者は十六歳くらいで、彼の年齢にしては少しばかり悲しそうに見えた。彼はとても恥ずかしそうにわたしのまわりをうろついていた。かわいそうな子。少年は横目でわたしを見つめつづけていた。

ようやく少年はいった。「あなたは図書館の人ですか？」

「そうですよ」わたしはいった。

「ぼく、男の人と思ってました」

「その人は外出してるの」わたしはいった。「それで、わたしがその代わりをつとめてるのよ。なにも取って食べはしないわよ」

「あなたは男じゃない」彼はいった。

「名前は？」

「なんですか？」

「あなたの名前です。あなたの本を受け取る前に元帳に書きこまなければならないの。あなたには名前があるでしょ？」

「ええ、ハーロー・ブレイド・ジュニアです」

「それで、あなたの本はどういう内容なのかしら？　そのことも書きこまなければならないの。あなたは話すだけでいいの。そうすれば、わたしがこの元帳に書きこみますからね」

「男の人がいるとばかり思ってました」少年はいった。

「どういう内容の本なの？　その主題は？」

「マスターベーションです。もう、行かなくちゃ」

わたしは少年が本を持って来たことにありがとうをいって、図書館のどこでも好きなところに置いてもいいと話したが、彼はほかにはなにもいわずに出て行った。かわいそうな子。

この図書館はなんて変わってるんだろう。でも結局は本を持って来られるところはここだけなのだ。わたしは自分の本をここへ持って来て、まだここにいる。

ヴァイダはデスクのほうにのろのろとやって来て、後ろにまわってわたしに近づき、両腕をわたしに巻きつけ、わたしが読み終わったあと、肩越しに元帳を読んだ。

「とてもよく書けてると思うわ」ヴァイダはいった。

別の図書館員の筆蹟《ひっせき》がデスクのわたしの前に横たわっている。この何年来、これはわたし自身が迎えず、元帳に書きこまなかった最初の本だった。

わたしはしばらくヴァイダを見上げた。わたしはきっと一種奇妙な表情を浮かべて彼女を見ていたにちがいなかった。というのもヴァイダがいったからだ。「あら、だめよ。だめ、だめったら、だめ」

フォスター

フォスターは真夜中に着いた。わたしたちはわたしの部屋にいて、コーヒーを飲みながら、おそらく人生の黄昏《たそがれ》どきは別として、あとになればきっと思い出せないような、些細《ささい》なことについて話し合っていた。

フォスターは玄関の鐘をわざわざ鳴らすような手間はかけなかった。鐘を鳴らすと教会にでも入って行くような感じがし、それはもううんざりで永遠に願い下げにしたいからだといった。

ドン！　ドン！　ドン！　フォスターはただ拳《こぶし》でドアを打ちつけるので、彼が来たことがすぐにわかった。ガラスを割られるのではないかと気になった。フォスターは見過ごすことも、忘れることもできない人物だ。

「あの音はなに？」ヴァイダが驚いてベッドから飛び上がっていった。

「フォスターさ」

「まるで象みたい？」ヴァイダがいった。

「あいつときたら、鐘には手も触れないんだ」わたしはいった。

わたしたちが図書館に出て行き、明かりをつけると、フォスターがドアの向こう側にいて、例の大きな拳でドアを相変わらず打ちつけていた。

顔に大きな笑いを浮かべ、彼の伝説的なTシャツを着ていた。フォスターはワイシャツや上着やセーターの類を着たことがなかった。天気がどうあろうと、彼はちっともかまわない。冷たかろうと、風が吹いていようと、雨が降っていようと、フォスターはいつも彼のTシャツを着ている。もちろん彼はダムのように汗をかいていて、バッファローの毛のように厚ぼったいブロンドの髪はほとんど肩まで垂れさがっている。

「やあ！」フォスターはいった。彼の声はまるでドアがティッシュペーパーでできているように轟《とどろ》いた。「そこでなにをやってるんだ？」

わたしがドアを開けると、建物の前にトラックが駐車しているのが見えた。そのトラックは大きく、変わっていて、図書館の前で眠っている原始時代の動物のようだった。

「ほら、やって来たぞ」彼はそういって、わたしに片腕を荒っぽく巻きつけ、勢いよくわたしを抱きしめた。別の手にはウィスキーの瓶《びん》を持っており、半分空《から》になっていた。

「どんなぐあいだ？　元気を出せよ。フォスターがお出ましなんだ。やあ、こんにちは！」彼はヴァイダにいった。「こいつは驚いた、すごい別嬪《べっぴん》さんだ！　こん畜生、ここへ来てよかったぜ！　一マイル一マイルが価値があったというもんだ。あんたのうんこのなかに立つためなら、こごえるような朝に裸足《はだし》で十マイルだって歩いてみせる」

わたしは緊張を解いた。満面に微笑をたたえた。彼女がフォスターをたちどころに好きになったのがわかった。

実際、わたしたちがいっしょになってからヴァイダの肉体はすっかりなごんでいる。まだ少しばかり不器用だが、今は自分の肉体をハンディキャップとしてではなく、美しい詩のように扱うようになっていて、それは途方もなく魅力的だった。

ヴァイダがこちらに来て、片腕をフォスターに巻きつけた。彼はヴァイダをも、大きく抱きしめ、彼女にウィスキーをすすめた。

「あんたの体にいいんだ」フォスターはいった。

「わかったわよ、飲んでみる」ヴァイダはいった。

フォスターは大仰に片手で瓶の口を拭いて、ウィスキーの瓶をヴァイダに差し出した。それでヴァイダはほんの少量なめるようにすすった。

「おい、おまえもこいつを試してみるといい。おまえの本に毛を生やしてくれるだろうよ」

わたしはひと口飲んだ。

ワーウ！

「このウィスキー、どこで手に入れた？」わたしはいった。

「死んだインディアンから買ったのさ」

A・D・スタンドオフ

「案内たのむぜ」フォスターはいった。

彼はヴァイダに腕をまわしたままだった。ふたりは莢《さや》のなかのふた粒の豆のようだ。わたしはふたりがことのほか打ちとけたのを見て嬉しかった。わたしたちはわたしの部屋に行き、そこでくつろいで、ティファナ行きの計画をたてることにした。

「いったい、あんたはどこに隠れ住んでいたんだ？」フォスターがいった。

「インディアン居留地じゃないわよ」ヴァイダはいった。

「そいつはいい！」フォスターはいった。「どこでこの娘さんを見つけた？」

「彼女のほうからやって来たんだ」

「おれはこの図書館で働いているべきだったんだ」フォスターはいった。「あんな洞窟《どうくつ》じゃなくな。どうも住むところを間違ったようだ。ヘイ、ヘイ、きみはぼくが出会ったなかでいちばん美しい娘さん。実際、おれのおふくろの写真よりまだきれいだ」

「ウィスキーのせいよ」ヴァイダはいった。「琥珀色《こはくいろ》の液体を通して見ると、わたしっていつもよく見えるの」

「ウィスキーのせいときた。あんたはおれの八十六度のウィスキーをひっかけたな。しばらく、おれがこの図書館を預かるから、あんたたちはこのろくでもない本どものほこりを払って、洞窟に行き、そこに住むといいんだ。すばらしいところだぜ。だけど、あんたたちはおれを知ってるとはだれにもいわないでくれ。キリストさまに歓迎されそうでね。最近はこの美貌のおかげでようやっと生きてるんだからな」

ティファナ行きの計画

わたしたちは部屋に戻り、三人いっしょにベッドの上に腰をおろし、ウィスキーを少しばかり飲んで、ティファナ行きの計画を練った。普通、わたしは酒をたしなまないが、現在の状況は少しぐらいなら飲むに値すると考えた。

「ところで、堕胎とかいってたな」フォスターはいった。「気持ちは変わらないだろうな」

「ああ」わたしはいった。「よく話し合ったんだ。それがぼくたちの求めているものだ」

フォスターはヴァイダをとっぷりと見やった。

「ええ」彼女はいった。「子供を持つには、わたしたちは今はあまりにも未熟すぎるわ。わたしたちを混乱させるだけで、この混乱は子供にいいはずがありません。未熟で、混乱した両親でなくとも今は大変な世の中なんですもの。ええ、わたしは堕胎を望んでます」

「それで、話はきまった」フォスターはいった。「なにも怖がることはない。いい医者を知ってるんだ。ガルシア先生。この人ならあんたに痛い思いをさせはしないし、なにも面倒なことは起こらない。なにもかもうまくいくさ」

「あなたを信用してるわ」ヴァイダがいった。

彼女はわたしに手を伸ばし、わたしの手を握った。

「手筈はとても簡単だ」フォスターはいった。「そこまでは飛行機で行く。明日の朝八時十五分に出るサン・ディエゴ行きの便に乗るといい。ふたりに往復の切符を予約しておいた。医者にも電話をしておいたから、あんたたちを待っているだろう。ティファナには正午前に着き、そいつは短い時間で終わるはずだ。

もしその気なら、飛行機で夕方には帰って来れるが、サン・ディエゴで泊りたいのなら、グリーン・ホテルにもう予約はしてある。そこを経営している男を知ってるんだ。いい奴でね。堕胎したあと、少しばかり体が弱ってるだろうから、あんたしだいで、泊るなり、好きなようにするといい。あんたの気分しだいってわけだが、ほんとうに気分がすぐれないようだったら無理はしないで、ホテルに泊ることだ。

ガルシア先生は、時として堕胎の料金を吹っかけることがあるが、おれのほうから、あんたたちが二百ドルしか持って行けないから、それ以上はだめだといったら、先生は『いいですよ、それでやりましょう』といってくれたよ。あまり英語はうまくないが、とても親切でいい人なんだ。ちゃんとした医者だしね。去年、例のインディアン娘の手術をとてもうまくやってくれた。ほかに聞きたいことは？　くそいまいましい！　あんたはほんとに美しい娘さんだ」

フォスターはヴァイダを感じよく抱きしめた。

「必要なことはみんなきみが手筈をしてくれたようだ」わたしはいった。

「ヴァイダは？」フォスターがいった。

「ないわ。なにも思い浮かばない」

「図書館はどうなる？」

「図書館がどうだって？」フォスターがいった。

「だれがみてくれる？　だれかここにいなければならないんだ。それがこの図書館の大きな役割なんだ。だれかここに一日二十四時間いて、本を受け取らなければならない。この図書館を設立したのも、もとはといえばそのためだ。閉めるわけにはいかない。開館しておく必要があるんだ」

「まさか、おれのことを？」フォスターはいった。「いやいや、ごめんだね。おれは洞窟暮らしが性に合う男さ。ほかの男を見つけるんだな」

「だけど、だれかがここにいなければならないんだ」わたしはフォスターを見据えていった。

「いいや、ごめんこうむる」フォスターがいった。

「だけど」わたしがいった。

ヴァイダはこのやりとりを大変に面白がっていた。わたしにはヴァイダが図書館に対する切迫したわたしの気持ちについてきてくれていないことがはっきりわかった。これがかなり変わった仕事であることは自分でも理解できたが、これはわたしが果たさなければならないことだった。

「おれは穴居人なんだ」

「これはぼくたちの仕事なんだ」わたしはいった。「このためにこそ、ぼくたちは雇われた。この図書館とその奉仕を必要とする人たちの世話をしなければならないんだ」

「そのことをおれは持ち出すつもりでいた」フォスターはいった。「こいつは支払いのまったく遅い仕事だとね。おれは二年間、給料をもらってない。月二百九十五ドル五十セント稼《かせ》いでいるはずなんだ」

「フォスター！」わたしはいった。

「ただの冗談だよ」フォスターがいった。「ただのつまらない冗談さ。さあ、ウィスキーをもう少しどうだ」

「ありがとう」

「ヴァイダは？」

「ええ」ヴァイダはいった。「もう一杯くらいなら、体にいいんじゃないかしら。休まるわ」

「こいつは昔からのインディアンの精神安定剤なんだ」フォスターはいった。

「ぼくたちが堕胎を受けにメキシコに行っているあいだの一日や二日なら、ここをみられるはずだ」わたしはいった。「実際に一日つめたってそれで死ぬことはないさ。きみはもう何年も働いていないじゃないか」

「洞窟にはやる仕事がある」彼はいった。「本をそこまで引きずって行き、しまいこんで、よく見張って、洞窟のしみ出た水が本につかないように注意する責任があるんだ」

「洞窟のしみ出た水だって？」わたしは恐ろしくなっていった。

「おれのいったことは忘れてくれ」フォスターはいった。「今はそのことには触れたくない。わかったよ、おれはここにとどまって、おまえが帰って来るまで図書館をみててやる。

好きじゃないが、やってやるよ」

「洞窟のしみ出た水だって？」わたしはくり返していった。

「こんなところで、おれはなにをしたらいいんだ？」フォスターはいった。「本を持ちこんで来るおかしな連中をどう扱えばいい？　どっちにしても、おまえはここでなにをしてる？　ウィスキーを飲めよ。なにをしてるかおれに話してほしいな」

ヴァイダはことの成行きをおおいに面白がっていた。わたしたちはすっかりくつろいでベッドの上に横になっていた。ウィスキーがわたしたちの体の奥までと心のすみずみまでをどろどろにした。

「ほんとうに楽しいわ」ヴァイダがいった。

フォスターの女　1

「あれはなんだ？」フォスターはベッドの上でもぞもぞしながらいった。

「鐘だよ」わたしはいった。「だれかが図書館に新しい本を持って来たんだ。ぼくたちがどんなふうに本を図書館に歓迎するかきみに見せてやるよ。『よくいらっしゃいました』がぼくがいつも使う言葉だ」

「葬儀屋の文句みたいだ」フォスターがいった。「いまいましい、今何時だ？」フォスターは部屋のなかを見まわした。「時計の音が聞こえる」

わたしは時計を見上げた。ベッドの上に横たわっているその格好では、フォスターには時計は見えるはずがない。

「真夜中過ぎだ」

「本を持って来るには遅すぎやしないのか。真夜中？　それは十二時ってことだろ」

「ここは一日二十四時間、一週七日間、開いているんだ。閉館したことはない」

「なんとまあ！」フォスターはいった。

「わたしのいう意味がわかったでしょ？」ヴァイダがいった。

「わかったどころか！」フォスターはいった。「こいつには休息が必要だ」

それから、彼はヴァイダを見上げた。あからさまでも、助平な感じでもなく、彼は古典的なコンピューターに記憶された男性的な態度でヴァイダを鑑賞した。自分の目にしたものが気に入ったようだ。

ヴァイダは唇を動かさず、やさしく微笑を浮かべてフォスターを見ていた。ヴァイダの口は微笑を浮かべても変わらなかった。こういったことは以前にも経験していたにちがいなかった。

ヴァイダは数カ月前に本を持ってやって来た娘とはもはや同じではなかった。自分の肉体を持った別人になっていた。

「そうだ」フォスターが最後にいった。「そう、出て行って、だれが本を持って来たか見ようじゃないか。彼女を、じゃない、つまり、連中を待たせたくないからな。外は寒い」

フォスターはかつて寒いなどと感じたことはなかった。ということで、彼は少しばかり酔っていて想像力がたくましくなっているのだろう。

「あそこでなにをすればいい？」フォスターはいった。「おれが今すぐに出て行って、自分で片づけてくるかな。あんたたちはここにすわって、くつろいでいるといい。この気のいいフォスターがいるときは、せっかくくつろいでいるのを無理することはないさ。おれが本の世話はする。それに、あんたたちがティファナに行っているあいだ、このおかしな病院を切りまわすとなると、なにが起こっているのか知っとく必要があるからな」

ヴァイダの微笑は真っ白な歯並びが見えるほど大きくなった。彼女の目は愛想のよい小さな輝きを帯び、その視線はふたりに注がれていた。

わたしも笑っていた。

「あそこで、なにをすればいい？　あの大きな黒い元帳に本の題名と作者の名前とその本の内容について少しばかり書きこめばよかったかな？」

「そのとおりさ」わたしはいった。「それに気持ちよく親切に接しなければならない。それが大切だ。本とそれを持って来た人に求められているという感じを与えることだ。それがこの図書館の主要な目的だ。それに、求められていないもの、つまりはアメリカ人の書いた抒情的《じょじょう》で、思い入れの強い書物をここに気持ちよく集めることがね」

「冗談だろ」フォスターがいった。「おまえ、冗談いっているにちがいない」

「いいかげんにしろよ、フォスター」わたしはいった。「さもないと、また〝洞窟のしみ出る水〟を持ち出すぞ。〝洞窟のしみ出る水〟って知ってるな」

「わかった、わかったよ。わかったさ、カッコーさん」フォスターはいった。「おれの最上の面を見せることにするよ。それに、やってみりゃ、どうってことないかもな。自分のいちばんいいところを見せたくなるかもしれない。おれはそれほど悪い男でもないし。よく考えてみると、おれには友だちが大勢いる。連中は認めないかもしれないが、おれはその連中の心の大きな部分を占めているんだ」

　鐘はまだ鳴っていたが、それはだんだん弱くなり、至急出る必要があった。フォスターはその頃にはベッドをおりていた。図書館に入って行く前に、彼はバッファローの毛のように厚ぼったいブロンドの髪にまるで櫛《くし》でも入れるように片手を走らせた。

フォスターが彼のはじめての本を歓迎しに図書館に入って行ったとき、ヴァイダとぼくは、寛容にも彼が残していってくれたウィスキーの瓶からちびりちびりとやりながら、ベッドの上に横たわったままでいた。しばらくすると、わたしたちはすっかりくつろいでいたので、ふたりともなんでも受け入れられたことだろう。

とつぜん、ぼくたちは時間の観念を失くした。フォスターがいきなりドアを閉めて部屋のなかに入って来た。汗でもかいているような、今にも破れそうなTシャツ姿のフォスターはとても怒っていた。

「おまえが南に行っているあいだに、このおかしな病院は閉じたほうがいい」彼は右手でウィスキーを要求しながらいった。「よく考えてみると、このろくでもないところは永久に閉じてしまうべきなんだ。みんな家に帰るがいいんだ。オハジキ遊びでもすればいい。もっとも、そんなものが残っていればのことだが」

フォスターはウィスキーを大げさな身振りでがぶりと飲みこんだ。ウィスキーが胃に達したとき、彼は顔をしかめ、ぶるぶるっと身を震わせた。「これで気分がよくなった」彼は片手で口を拭いながらいった。

「どうしたの?」ヴァイダはいった。「図書館の予防注射は効かなかったようね」

「おっしゃるとおりさ。もっとウィスキーを!」フォスターはウィスキーの瓶に向かって、それがまるで鎮痛剤の働きでもするかのようにいった。

「図書館に来た人を怖がらせはしなかったろうね」わたしはいった。「それはこの図書館の目的じゃないんだからね。ここでぼくたちがすることは命令ではなくて、奉仕なんだ」

「怖がらせたって？　冗談だろ？　そんなことはやろうったってできないことさ。おれはふだんは、人とはうまくやれるんだ」

「どうしたの？」ヴァイダがくり返していった。

「うん、おれがあそこに出て行くと、そこにいたのは、おれが期待していた人間とは正確にいって同じじゃなかったんだ。つまり、そこに立っていたのは――」

「どんな人だったの？」ヴァイダがいった。

「女だろ？」わたしは少しばかり非情にいった。

「そんなことは重要じゃない」フォスターはいった。「話の腰を折るなよ！　そう、図書館の外には女がいたよ。いいかい、この女という言葉はまじめなところ、使いたくはないんだ。その女は鐘を鳴らしていたし、小脇には本をかかえていた。それでおれはドアを開けた。そいつが間違いだったんだ」

「どんな女だった？」わたしはいった。

「そんなことは重要じゃない」フォスターはいった。

「さあ、いいから」ヴァイダはいった。「話して」

わたしたちを無視して、フォスターは自分なりのやり方で話を続けた。「ドアを開けると、その女が同時に口を開いた。『あんた、だれ？』車が衝突したときのような声で、おれがなにものかを命令調で聞くんだ。なんてこった！

『フォスターです』っておれはいったよ。

『わたしが会ったことのあるフォスターさんには見えないわね』その女はいったね。『あんたは別の人よ。なぜって、あんたはフォスターなんて人じゃないんだから』

『それがわたしの名前です』おれはいった。『わたしはずっとフォスターっていう名前できました』

『ふん！　いいかげんにしてよ。わたしの母はどこにいるの？』その女は強くいった。

『あなたのお母さんって、いったいどういう意味です？　あんたはお母さんを持つには年をとりすぎているようですがね』おれはこの変な女のご機嫌をとるのにうんざりしていったんだ。

『その本をどうしてほしいんです？』おれはいった。

『そんなこと、あんたの知ったことじゃないわよ、この偽のフォスター。母はどこにいるのよ？』

『おやすみなさい』おれはいったよ。

『おやすみなさいって、どういうつもり？　わたしはどこにも行きませんからね。あんたがわたしの母のことを話してくれるまでは、てこでも動きませんからね』

『あんたのお母さんがどこにいるか知らないし、正直いって、《風と共に去りぬ》のなかでクラーク・ゲーブルのいった言葉を引用すれば、〝おれの知ったことか〟』

『わたしの母をクラーク・ゲーブルだなんてよくも呼んだわね！』女はそういうと、おれを打とうとした。おれはもうたくさんだという気になって、その女の手を宙で摑《つか》みとめ、体をぐるりとまわし、ドアのほうに強く押してやった。まるで風に舞うゴミ罐《かん》のようにドアに向かって飛んでいったよ。

『わたしの母を放しなさい！』その女は叫んだ。『お母さん！　お母さん！』

おれはドアを閉めはじめた。その頃には、夢でも見ているような感じだった。目をさませばよいのか、この変女を殴り倒せばよいのかわからなくなったくらいだ。

その女が今にもガラスを割りそうな気配を示したので、おれは外に出て行き、その女に付き添って階段をおりた。その途中でちょっとばかり争ったが、彼女の腕にちょいと力を入れると、静かになったので、同時に、おれは洋服をぶらさげているその足が出せるだけの速さで階段をおりなければ、そのひよっ子のような首を折ってやると、やさしくいってやった。

最後に見たとき、婆さんは叫んでいたね。『こんな目にあうなんて間違ってる。こんな変なことをさせられ、こんなひどい気持ちにさせられるなんて、その上にこんなことを口にするなんて』それから、女は本のページを破りだし、それを結婚式で花嫁がするように頭の上から投げはじめた」

「結婚式で花嫁がするようにって?」ヴァイダがいった。

「花だよ」フォスターがいった。

「あら、わたしにはわからなかったわ」ヴァイダはいった。

「おれにもさ」フォスターはいった。「おれはおりて行って、そのページを何枚か拾い上げて、どんな内容かを見ようとしたんだが、そのページにはなにも書かれていなかった。雪のように真っ白だったよ」

「それはよくあることさ」わたしはいった。「精神的に混乱した作者が来るが、たいがいは静かだ。そんな場合にやることといえば、忍耐強く接して、その本の作者の名前と題名と内容を少しばかり、図書館明細元帳に記して、その人たちの好きなところに本を置かせてあげればいいんだ」

「それなら、この件に関しては簡単そのものだよ」フォスターはいった。

わたしはなにかをいいかけようとした——

「本の内容がだよ」とフォスターが口をはさんだ。

わたしはなにかをいいかけようとした——

「雪のような空白」フォスターはいった。

ヴァン

「おれはヴァンで寝る」フォスターはいった。

「そんなことしなくてもいい、ここには、きみのための部屋がある」わたしはいった。

「ここにいてくださいな」ヴァイダがいった。

「いいや、いいよ」フォスターはいった。「ヴァンのなかのほうが気持ちが落ち着く。小さなマットレスと寝袋もあるから、それで絨毯《じゅうたん》のなかの蚤《のみ》のように気持ちよく眠れるさ。いいや、もう用意はしてあるんだ。このフォスターさんにはヴァンで充分だ。あんたたちは明日早く、飛行機で発たなければいけないんだから、たっぷりと眠ることだ。飛行場まで、おれが送るよ」

「そいつはだめだよ」わたしはいった。「きみはここに残って、図書館の番をしなければならないんだから、ぼくたちはバスで行くしかない。覚えてるだろ？　ぼくたちが出ているあいだも、図書館は開いていなければならないんだ。ぼくたちが帰って来るまで、きみはここにとどまるんだ」

「そいつについてはなんともいえないな」フォスターはいった。「ついさっきのような経験をしたあとでは、わからないぞ。臨時雇用者斡旋所《あっせんじょ》からひとりだれかを寄こしてもらって図書館をみてもらったらどうだ、ケリー・ガール・エージェンシーか、その辺じゃだめか？　いいさ、金はおれのポケット・マネーから払うよ。おれがノース・ビーチに行って、トップレス・ショーを見物しているあいだ、図書館の面倒をみてもらえる」

「だめだよ、フォスター」わたしはいった。「この図書館をまかせるのは、だれにもってわけにはいかない。ぼくたちがいないあいだ、きみがここにとどまらなければならない。ぼくたちはそんなに長く留守にするわけじゃないんだ」

「わがままを聞いてあげてよ、フォスター」ヴァイダがいった。

「わかったよ。本を持ちこんで来る次の変人さんはどんなだろうな」

「心配いらないさ」わたしはいった。「あれは例外だ。ぼくたちが出かけているあいだ、なにも起こらないさ」

「そう願いたいもんだ」

　フォスターはいつでも外に出て行ける状態にあった。「さあ、ウィスキーをもう一杯飲めよ」フォスターはいった。「瓶はおれが持って行くつもりだ」

「飛行機は何時に出るの？」ヴァイダはいった。

「八時十五分」フォスターはいった。「ここにいるおれたちの仲間は運転ができない以上、それにこの図書館員さんはおれにここにとどまって、彼のおかしな病院の庭の世話をしろという以上、あんたたちはバスで行くしかないだろうな」

「わたしは運転できてよ」ヴァイダが、穏やかなほど美しく、若々しい表情でいった。

「ヴァンを運転できるのかい？」フォスターがいった。

「できると思うわ」彼女はいった。「モンタナの牧場にいたひと夏、トラックや小型トラックを運転したものよ。車輪が四つあるものならどんなものだって、スポーツカーだってなんだって運転できたものだわ。いちどはスクールバスさえ運転して、子供たちをピクニックに連れて行ったことがあるわ」

「それとこれとは別だ」フォスターがいった。

「馬を運ぶヴァンも運転したこともあるわよ」

「これは馬を運ぶヴァンじゃない」フォスターは今はいくぶん怒っていった。「おれのヴァンには馬を乗せたことなんかはない」

「フォスターったら」ヴァイダがいった。「そんなに腹を立てないで。わたしはただ運転できるといっているだけよ。どんなものだって運転できるわよ。いちども事故を起こしたことはないわ。わたしは運転がうまいのよ。それだけのこと。あなたは美しいヴァンを持ってるわ」

「いい車なんだ」フォスターは今は気持ちも鎮まっていった。「とにかく、そうして悪いということはないだろうし、こいつのほうがバスよりもはるかに早く飛行場に着くし、早くここに戻って来れるからな。それに、乗り心地もいい。バスはひどいもんだ。ヴァンは飛行場の外にそのまま駐車させておくといい。このろくでもないおかしな病院で働いているあいだは、車の必要はないだろうし。いいとも、あんたがヴァンを運転するといい。だが、注意して運転することだ。あんなヴァンは世界広しといえどもあれだけだし、あれはおれのもので、おれはあいつを愛している」

「心配しないで」ヴァイダがいった。「わたしもあのヴァンが好きになりそうよ」

「そいつはいい」フォスターはいった。「さてと、そろそろ出て行って、寝るとするか。ウイスキーをもっとどうだい？」

「いいや、ぼくはもう充分」わたしはいった。

「わかったよ」

「朝、起こしましょうか？」ヴァイダがいった。

「いいよ、自分で起きられる」フォスターはいった。「好きな時間に、分きざみで起きられるんだ。頭のなかに目ざまし時計があるんでね。そいつがいつもおれを起こしてくれる。そうそう、もう少しであんたたちに話すことがあったのを忘れるところだった。明日の朝飯は抜きにすることだ。朝飯を食べるのは規則違反なんだ」

ジョニー・キャッシュ

フォスターが出て行き、ヴァンのなかで夜を過ごすことになったあと、わたしたちは明日の用意をはじめた。朝、起きたときには時間はあまりないだろうからだ。

ヴァイダは図書館に衣類は充分に持って来ていたので、家に帰る必要はないだろう。彼女は図書館から一ブロックほどしか離れていないところに住んでいたが、わたしは、もちろん、一度もそこに行ったことがない。過去のある時点で彼女の住んでいるところに興味を持ったことがあり、ヴァイダに話してもらった。

「それはとてもあっさりしてるの」ヴァイダはわたしにいった。「わたしは持ちものが少ないの。持っているものといえば、棚に本が何冊かと、白い絨毯《じゅうたん》と、床には小さな大理石のテーブル、それにレコードが何枚かあるだけ。ビートルズ、バッハ、ローリング・ストーンズ、バーズ、ヴィヴァルディ、ワンダ・ランドースカ、ジョニー・キャッシュ。わたしはビート族じゃないわ。ただいつも、自分の肉体がわたしが必要としている以上に、わたしを所有していると考えているだけ。それでほかのものはなにもかも、簡単にしなければならなかったの」

ヴァイダは古いオランダ航空のバッグに衣類を、それにサン・ディエゴでひと晩過ごすことになった場合に備えて、歯ブラシとわたしのカミソリを詰めこんだ。

「わたしは堕胎をしたことがないのよ」ヴァイダはいった。「サン・ディエゴでひと晩過ごすことにならなければいいんだけれど。前に一度行ったことがあるけど、好きになれなかったわ。女に飢えている水夫が大勢いて、なにもかもが石のように荒涼としているか、安っぽいネオンがあるだけよ。いい町じゃないわ」

「その心配はいらないよ」わたしはいった。「とにかく用心することにして、もしなにもかもうまくいけば、明日の夜には帰って来られるさ」

「それがいいわね」ヴァイダは簡単な荷造りを終えていった。

「さあ、キスをして寝ようか。ぼくたちは眠らなければ」とわたしはいった。「ふたりとも疲れているし、明日の朝は早く起きなければならない」

「わたしはお風呂に入って、洗浄もしなければならないの」ヴァイダはいった。「それに耳の後ろに香水をちょっとつけるの」

わたしはヴァイダを腕のなかに抱いて、彼女から漂ってくる葉や花の香りを身近に集めた。これこそ彼女がわたしに戻してくれた、デリケートでかぐわしい花束のようなものであった。

それから、わたしたちは服を脱いで、ベッドに入った。わたしが明かりを消すと、ヴァイダがいった。「目ざまし時計をセットした？」

「ああ、忘れていた」わたしはいった。「起きて今やるよ」

「ごめんなさい」ヴァイダはいった。

「いいや、なんでもない」わたしはいった。「時計をセットするのを覚えておくべきだったんだ。何時に起きたい？　六時？」

「いいえ、五時半にしてくださらない。フォスターが起きる前に、わたしの〝女の病〟の手当てをしておきたいの。そうすればわたしたちみんなにおいしい朝御飯が作れるでしょ。明日は長い一日になりそうだから、しっかり腹ごしらえしてスタートしなきゃ」

「きみは朝飯抜きだよ」わたしはいった。「フォスターがいったことを覚えてるだろ？」

「あら、あら、そのとおりだったわね。忘れていたわ」

しばらくは難しかったが、やがて、暗闇のなかで、自分たちがしようとしていることに、わたしたちふたりは微笑を浮かべた。おたがいにその微笑を見ることはできなかったが、わたしたちには微笑がそこにあり、暗い夜のなかの微笑が何千年ものあいだこの地球上の悩める人たちに与えてきたように、それはわたしたちを慰め励ましてくれているのがわかった。

わたしは起き上がり、明かりをつけた。ヴァイダはわたしが時計の目ざましを五時半に合わせているあいだも柔らかな微笑をたたえていた。今となっては後悔しても、運命に対して泣いたところで遅すぎるのだ。わたしたちは確実にメキシコの手術医の手のなかにあった。

「天　性」

浴槽《よくそう》に入るヴァイダは妊娠しているようには見えなかった。お腹はまだ信じられないほど細くて、それは天性のようで、クッキーやイチゴよりも大きな食べものを消化できるほどの腸がいったいそこにあるのだろうかといぶかったほどだった。

ヴァイダの乳房は力強く、それでいて繊細で、乳首は濡れていた。

彼女は浴槽につかる前にコーヒーのポットをかけており、わたしはそこに立って、コーヒーが濾過《ろか》されるのを見守り、と同時に浴室の開いたドア越しにヴァイダが湯につかるのを見守った。

ヴァイダは髪をあげて、頭の天辺《てっぺん》にピンでとめていた。髪の毛は穏やかな首の上に美しくかかっていた。

わたしたちはふたりとも疲れていたが、今日これから立ち向かおうとしていることで当然感じるほど神経質になってはいなかった。なぜなら、わたしたちはやさしい形でのショックを経験していて、それがひとつの小さなことから別の小さなことを、おぼつかない足取りながら一歩ずつ片づけていくのを容易にしてくれていて、ついには、最後に待ちかまえている大きな難事を、それがどんなものであろうと、やり遂げられるように感じていた。

わたしたちには、わたしたちが解決しなければならない困難ななにかが持ち上がったとき、わたしたちの人生を落ち着いて真新しい即席の儀式に変える力が身についているように思う。

わたしたちは劇場のようになるのだ。

わたしは、コーヒーが濾過されるのと、ヴァイダが湯につかるのを交互に見守っていた。長い一日になるだろうが、幸いにもわたしたちはそこにはただ瞬間の積み重ねのうちに達するだろう。

「コーヒーはまだできない？」ヴァイダがいった。

わたしは竜巻《たつまき》のように立ちのぼるコーヒーの蒸気の匂いを嗅《か》いだ。蒸気は黒く重ったるい。ヴァイダはわたしにコーヒーの匂いの嗅ぎ方を教えてくれていた。それが彼女のコーヒーの作り方であった。

わたしはこれまではインスタント・コーヒー派だったが、ヴァイダはほんとうのコーヒーの作り方を教えてくれ、それは学びがいのあるものだった。この長い年月、コーヒーを単にほこりのようにしか考えてこなかったとは、どういうことだろう？

わたしはコーヒーが濾過されるのを見守りながら、しばらくコーヒーの入れ方について考えた。人が困難なことに出くわしているあいだにも、その一方ではこの人生でいかにも単純なことがどんなふうに進行するかを考えるとふしぎでならなかった。

「ハニー、わたしのいうことを聞いてるの？」ヴァイダがいった。「コーヒーよ。空想に耽《ふけ》るのはやめて、コーヒーに注意してちょうだい。もうできたの？」

「ほかのことを考えていたんだ」わたしはいった。

フォスターの鐘

ヴァイダはあっさりとした、とても魅力的な白いブラウスに、短いブルーのスカートをつけていた——彼女の膝《ひざ》がやすやすと見えた——それに、ブラウスの上に小さな半セーターのようなものを羽織っていた。わたしは衣服のことをうまく説明できないが、わたしがここで述べているものがどんなものかは、だれにもわかってもらえるだろう。

ヴァイダは目以外は化粧をしていなかった。その目は二十世紀の七十年目の最後の年にわたしたちがこうあってほしいと望むふうに、青黒く見えた。

わたしは図書館の銀の鐘が鳴るのを聞きつけた。鐘はなにかのショックでも受けたようにあわただしく鳴った。その鐘は怖がり、助けを求めているようだ。

フォスターだ。

フォスターはあの鐘がどうしても好きになれないのだ。彼はいつもこの鐘は女々しい男のようだと主張して、つねづね自分でほかの鐘をつけたいと提案してきた。わたしが彼をなかに入れるあいだも彼は鳴らしつづけたものだ。わたしはドアを開けたが、フォスターは戸口に片手で鐘の綱を持ったまま立っていた。しかし、もう鐘は鳴らしていなかった。

まだ外は暗く、フォスターは彼の永遠のTシャツをつけ、バッファローの毛のように重そうなブロンドの髪を肩のあたりに垂らしていた。

「おれの忠告を受け入れるべきだ」フォスターはいった。「このいまいましい鐘を取って、おまえのために、おれに本物の鐘を取りつけさせろよ」

「人を怖がらせるような鐘はほしくないんだ」わたしはいった。

「人を怖がらせるとはどういう意味だ？　鐘がどうして人を怖がらせる？」

「ぼくたちが提供する奉仕に合った、つまりこの図書館にとけこんでくるような鐘が必要なんだ。ここではやさしい鐘でなければならない」

「荒くれの鐘はごめんだと？」フォスターがいった。

「そんなふうにはいっていないさ」わたしはいった。

「なんてこった」フォスターはいった。「この鐘ときたら、マーケット・ストリートにたむろしているいまいましい同性愛者のようだ。おまえはここでいったいどんなことをしてるんだ？」

「その心配は無用だ」わたしはいった。

「おれはただおまえによかれと思って注意してるんだ。ただ、それだけさ」フォスターは手を伸ばし、鐘を軽く打った。

「フォスター！」

「なんてこった、罐《かん》から、とスプーンでも、これよりはましな鐘になるさ」

「それにフォークとナイフとスープのボウルをつけたらどうだ、フォスター？　小さくすりつぶしたポテトとグレイビーと、それに七面鳥の足は？　それでどうだ？　すばらしい鐘が作れるんじゃないか？」

「もういい、わかった」フォスターはいった。彼は手を伸ばし、もういちど銀の鐘を軽く打っていった。「さよなら、かわい子ちゃん」

ティファナ報告

ヴァイダは自分はコーヒーだけでほかになにも食べなかったけれど、フォスターとわたしにおいしい朝食を料理してくれた。

「ほんとうに、あんたは今朝は美しいよ」フォスターはいった。「前に一度も見たことのない夢のようだ」

「女の子という女の子にそういってるんでしょ」ヴァイダはいった。「さんざん、そういって浮気してきたにちがいないわ」

「ガール・フレンドって呼べるのはひとりかふたりさ」フォスターはいった。

「コーヒーのお代わりは？」ヴァイダがいった。

「ああ、もう一杯ほしかったところだ。ほんとうにうまいコーヒーだ。ここのだれかさんはコーヒーの豆についちゃたいした目利きらしいな」

「あなたはどう、ハニー？」ヴァイダはいった。

「ああ」

「さあ、どうぞ」

「ありがとう」

ヴァイダは椅子に深々とすわった。

「さてと、あんたたちはこれからどうするかはわかってるだろうね」フォスターが朝食のあとにいった。「なにも心配することはないんだ。ガルシア先生はすばらしい医者だ。痛みも面倒なこともない。すべてがただ美しくいくさ。そこへ行く道順は覚えてるだろうな。

町のメイン・ストリートからは数ブロック離れているだけだ。

医者はあんたたちから、余分にもう少し金を取ろうとするかもしれないが、その線は絶対に守ってこういうんだ。『それが、ガルシア先生、フォスターが二百ドルだといったんで、それだけしか持って来ていないんです、ほら、このとおり』といって、ポケットから金を出すんだ。

先生はちょっとばかり気分を害したような顔をするが、金を受け取って、数えもしないでポケットに入れる。それからは彼は世界一の医者になる。ガルシア先生を信用して、彼のいうとおりにして、気を楽にしていれば、なにもかもうまくいくさ。

ほんとうにすばらしい医者なんだ。これまでに大勢の人をたくさんの面倒から救ってきた」

図書館報告

「…………」わたしはいった。

「あの銀のズボンをはいた粋《いき》な小さな鐘をはずして、このおかしな病院には最適の鐘になる、スプーンのついた罐から、からをつけるようなことはしないと約束するよ。その鐘の音を聞いたことはあるか？」

「…………」わたしはいった。

「そいつは気の毒だな。とってもいい音なんだがな。心にとても美しく響き、神経がとても安まる」

「…………」わたしはいった。

「ほんとうにかわいそうに」フォスターはいった。

「…………」わたしはいった。

「おまえがそんなふうに考えているとは知らなかったな」フォスターはいった。

「…………」わたしはいった。

「心配するな、この図書館の頭の上のレンガひとつ傷つけやしないから。おまえの図書館を紐《ひも》にぶらさげて持つのはあまりにも危険だから、腕にかかえてケーキ屋から持って帰って来る、黄色い小箱に入った子供のバースデー・ケーキのように扱うよ。

坂の上《かみ》にいるあの犬には注意しなきゃな。嚙《か》みついてくるかもしれないな。そのときには、ケーキでも投げてやるさ。ほら、今その横を過ぎるところだ。いい犬だ。

そうそう、小柄な婦人がおれのほうにやって来る。用心しなきゃ。心臓発作を起こして、おれの前で倒れ、その体を踏んでしまうかもしれない。その婦人からは絶対に目を離さないことにするよ。ほら、彼女がおれの横を通り過ぎる。なにもかも、うまくいくさ。おまえの図書館は安全だよ」フォスターはいった。

「…………」ヴァイダが笑っていった。

「ありがとうさん」フォスターはいった。

「…………」わたしがいった。

「ここを愛してるよ」フォスターはいった。

「…………」わたしはいった。

「おまえのパトロンを神聖な殻のように扱うよ。割ったりはしない」フォスターがいった。

「…………」ヴァイダが笑っていった。

「ああ、あんたはなんてやさしい人だ」フォスターはいった。

「…………」わたしがいった。

「心配するな。なにをすればよいか承知してるし、おれにできる最高のことをするよ。おれにいえることはそれだけだ」

「…………」ヴァイダはいった。

「そいつは真実じゃないし、奴は老いてもいないよ。ただ、小僧っ子なだけさ」フォスターはいった。

「…………」わたしはいった。

「おれは今の今まで、あの洞窟《どうくつ》の平和で落ち着いた、ざっくばらんな家庭らしさを、ほんとうにありがたいと思ったことはなかったようだ。おまえが、おれのためにまったく新しい世界を開いてくれたよ。ひざまずいて両手をついて、心からおまえのしてくれたことに礼をいうべきだな」

「…………」わたしはいった。

「ああ、これこそカリフォルニア！」フォスターはいった。

フォスターの心臓

フォスターはわたしたちのバッグをヴァンまで運ぶといってきかなかった。外は明るく、朝が半ばまで白みかけていた。フォスターは、わたしたちが今朝は少しばかり冷えると感じているのに、Tシャツを着ているだけで汗をかくのに忙しいようだった。

わたしがフォスターを知ったこの長い年月のあいだ、わたしは彼が汗をかいていないのを見たことがなかった。それはおそらく彼の心臓の大きさのせいなのだろう。きっと彼の心臓はカンタロープメロンくらい大きいにちがいないと常日頃から確信していて、ときどき、フォスターの心臓の大きさに思いをめぐらしながら眠ったものだ。

一度、フォスターの心臓が夢のなかに現われた。それは馬の背中に乗っていて、馬は雲の峰に入って行くところで、その雲の峰からは雲が押し払われようとしていた。なにが雲を押し払おうとしているのかは見えないが、いったいどんなものが、フォスターの心臓が入っている雲を峰から押し出して、空から落としているのかを考えるのはおかしなことだった。

「このバッグにはなにが入っているんだ？」フォスターがいった。「とても軽いので、なにも入っていないんじゃないかと思えるくらいだ」

フォスターは、快いくらいの不器用さで先を行くヴァイダのあとを追っていた。そのヴァイダはわたしたちといっしょではなく、たったひとりきりでなにかちがった精神的なことについて、あるいは信仰への動物的な段梯子《ばしご》について瞑想《めいそう》に耽っていると思えるほど美しく、完全に見えた。

「わたしたちの秘密を気にかけることもないでしょ」ヴァイダは振り返りもしないでいった。

「いつか、おれの兎のわなを見物しに来る気はないかい？」フォスターがいった。

「そして、あなたのバニー・ガールになれっていうんでしょ？」ヴァイダはいった。

「さては、その話を聞いたな？」フォスターがいった。

「みんな聞いてるわよ」

「そうだろうな」フォスターはすっかり意気銷沈していった。

ヴァイダ、ヴァンと出会う

歩道には昨晩の婦人が棄てていった、なにも書きこんでいない白い紙片が落ちていた。それはひどく孤独に見えた。フォスターは小さなバッグをヴァンに入れた。

「バッグはヴァンのなかだ。ほんとうに、このヴァンの運転の仕方を知っているんだろうね？」フォスターがいった。「こいつはヴァンだ」

「ええ、ヴァンだって運転できるわよ。車輪があるものならどんなものだって運転できる。飛行機でさえ操縦したことがあるんだから」ヴァイダはいった。

「飛行機を？」フォスターはいった。

「何年か前の夏、モンタナで飛んだのよ。とても楽しかったわ」ヴァイダはいった。

「飛行機を操縦するようなタイプには見えないがな」フォスターはいった。「なんてこった、そんな前の夏は、あんたは揺り籃のなかにいたはずだ。おもちゃを飛ばしていたんじゃないのかな」

「あなたのヴァンのことは心配いらないわよ」ヴァイダは会話を空から地上に戻していった。

「注意して運転してほしいね」フォスターはいった。「このヴァンはそれなりの人格を持っているんだ」

「名運転手の手のなかにあるのよ」ヴァイダはいった。「まあ、これじゃ、あんたは、彼が図書館を扱っているのと同じくらいに、ヴァンの扱い方がひどいわね」

「好き勝手なことをいう！　わかったよ」フォスターはいった。「さあ、あんたたちにはどうすべきかは話した。今は出かけて、それをやったほうがいいな。おれはここに残って、あんたたちがいないあいだ、このおかしな病院の番をしてるよ。昨夜会ったような女性がここで起こることの見本なら退屈しようがないだろうよ」

地面には白い紙片が落ちていた。

フォスターはわたしたちふたりを腕にかかえこんで、なにもかもうまくいって、今夜、わたしたちに会えるとでもいうかのように、親しみのこもった、気分が晴れるような抱擁をした。

「さてと、子供たち、しっかりな」

「ほんとうにありがとう」ヴァイダは振り返り、フォスターの頬にキスをしていった。子供の頃を思い起こさせるような古典的な格好で、おたがいに腕をまわし、頬と頬をつけたふたりは、まるで本当の父と娘のように見えた。

「さあ、行った行った」フォスターはいった。

わたしたちはヴァンに乗りこんだ。とつぜん、ふたたび乗り物のなかにいる自分に対して、ひどく奇妙な気分になった。ヴァンの金属的な卵のような感じに、わたしは非常に驚き、どういうわけか、もういちど二十世紀を発見しなければならないような気がした。

フォスターは曲がり角のところに立って、ヴァイダがヴァンを操縦する様子を用心深く見守っていた。

「出発よ？」ヴァイダは顔に微《かす》かな笑いを浮かべてわたしを見ながらいった。

「そう、ほんとうに長い年月だった」わたしはいった。「まるでタイム・マシンのなかにいるような感じがする」

「わかるわ」ヴァイダはいった。「さあ、のんびりして。わたしは自分でしていることがわかってるつもりよ」

「よくわかったよ」わたしはいった。「さあ出かけようか」

ヴァイダはまるで計器、車輪、ペダルの一部であるかのようにヴァンのエンジンをかけた。

「とてもいい調子だわ」ヴァイダはいった。

フォスターは彼女の運転にすっかり喜び、ヴァイダが同等の人間であるかのように、彼女に向かってうなずいた。それから、ヴァイダに出発の合図を送り、ヴァイダはそれに答えて、その日、メキシコのティファナでわたしたちを待っているガルシア先生を訪問するためにヴァンを出したのだった。

第四部　ティファナ

高速道路者、

わたしは、高速道路に出るサン・フランシスコの道順を忘れていた。実際、サン・フランシスコの道路をすっかり忘れていたのだ。

ふたたび外に出るのは、ふたたび車に乗って旅をするのは、ほんとうに驚きであった。もう三年にもなる。なんということだ。わたしが図書館に入って行ったときは二十八歳で、今は三十一歳だ。

「これはなんていう通り？」わたしはいった。

「ディヴィサデーロよ」ヴァイダがいった。

「ああ、そうだった」わたしはいった。「確かにディヴィサデーロだ」

ヴァイダはとても同情した目でわたしを見やった。わたしたちは赤信号で、フライド・チキンとスパゲティを売っている場所のとなりに車を止めた。わたしはこんな場所があったことをすっかり忘れていた。

ヴァイダはハンドルから片手を離して、わたしの膝《ひざ》を軽く叩いた。「かわいそうな世捨人さん」と彼女はいった。

わたしたちはディヴィサデーロをおり、葬儀屋の窓をひとりの男がホースで洗っているのを見た。彼は二階の窓に水をかけていた。こんなに朝早く見るのは普通とはいえない。

それから、ヴァイダはディヴィサデーロを曲がり、一ブロックほど進んだ。「オーク・ストリートよ」ヴァイダがいった。「オーク・ストリートを覚えてるわね？ ここから高速道路に出て空港におりるのよ。空港は覚えてるでしょうね」

「うん」わたしはいった。「だけど、飛行機にはいちども乗ったことがない。飛行機で出かける友だちを送りに行ったんだが、もう何年も前のことだ。飛行機は変わっただろうか？」

「まあ、あなたったら」ヴァイダはいった。「これがすっかり終わったら、あなたを図書館から引きずり出すわよ。あなたはあそこに長くいすぎたわ。だれかほかの人を見つけてもらうことね」

「さあ、どうかな」わたしは話題を変えようとしていった。黒人の女がオーク・ストリートで〈セーフウェイ〉の空《から》の食料品雑貨のカートを押しているのが見えた。道路はとてもスムーズに流れていた。それがわたしを怖がらせると同時に興奮させた。わたしたちは高速道路に向かっていた。

「ところで」ヴァイダがいった。「あなたの雇い主はだれなの？」

「どういうことだい？」わたしはいった。

「つまり、だれがあなたの図書館の費用を払っているかってこと」彼女はいった。「あそこを運営していくのに必要なお金。経費よ」

「知らないよ」わたしはそれが質問に対する答えのつもりでいった。

「知らないってどういうことなの？」ヴァイダはいった。うまくいかなかったようだ。

「連中はフォスターに時おり、小切手を送ってくるんだ。彼は金がいつ、いくら来るかも知らない。時には充分送金してくれないこともある」

「連中って？」ヴァイダは追及の手をゆるめずにいった。

わたしたちは赤信号で止まった。わたしはなにか見るものはないかと探そうとした。図書館の財政機構について話したくはなかった。図書館と金をいっしょにして考えるのは好きじゃない。わたしの目に入ってくるものといえば、別のカートで新聞を配達している黒人だけであった。

「だれのことを話してるの？」ヴァイダはいった。「だれが経費を払ってくれるの？」

「財団だよ。その背後にだれがいるかは知らないがね」

「財団の名前は？」ヴァイダはいった。

あれだけで充分じゃないようだ。

「アメリカン・フォーエヴァー、エトセトラ」

「アメリカン・フォーエヴァー、エトセトラ」とヴァイダはいった。「まあ！　税金逃れをやっているように聞こえるわ。あなたの図書館はきっと税金控除のためだわ」

ヴァイダは今は微笑を浮かべていた。

「ぼくにはわからない」わたしはいった。「ぼくにわかっているのは、そこにいなければならないということだけさ。それがぼくの仕事なんだ。あそこにいなければならない」

「ハニー、あなたはなにか新しい仕事につかなければいけないと思うわ。あなたにできることは、ほかにもなにかあるはずよ」

「ぼくにできることはいくらもあるさ」わたしは少しばかり自分を弁護するようにいった。

ちょうどそのとき、わたしたちは高速道路にぶつかり、わたしの胃は浮き上がって蛇に翼を巻きつかれた小鳥になり、わたしたちはアメリカ式自動車思考の本流に加わった。

何年もたったあとでは、それは怖いほどだった。わたしは墓場から引きずり出され、高速道路とその金属の果実と争わせられた恐竜のような感じがした。

「もし働きたくなければ」ヴァイダはいった。「その気になるまで、わたしがふたりの面倒くらいみられると思うわ。でも、できるだけ早く図書館を出るべきよ。あなたにはもう適当な場所とはいえないわ」

窓から外を見ると、巨大な卵をかかえた雌鶏《めんどり》のついたサインが目に入った。

「今、ぼくにはほかのことが頭にあるんだ」わたしは逃れようとしていった。「二、三日たってから、そのことは話し合おうよ」

「堕胎のことで心配はしてないでしょうね」ヴァイダはいった。「心配しないで。フォスターと彼の医者には絶対の信頼を置いているのよ。それに、姉さんが去年サクラメントで堕胎したけど、次の日には働きに出たわ。少し疲れたようだけど、それだけだった。だから心配することないのよ。堕胎って案外簡単なんだから」

わたしは振り向いてヴァイダを見た。ヴァイダはそういったあと、まっすぐに前を向き、前方の車を見守った。わたしたちは唸《うな》りをたててサン・フランシスコを出、ポトレロ・ヒルを過ぎて、高速道路におり、八時十五分発で、カリフォルニアを南に下って、サン・ディエゴに九時四十五分に着くわたしたちの飛行機に向かった。

「なんなら、戻ったとき、しばらく洞窟《どうくつ》に住んでもいいわね」ヴァイダはいった。「もうじき春でしょ。きっときれいなはずよ」

「水のしみ出し」わたしはいった。

「なんですって?」ヴァイダはいった。「よく聞こえなかったわ。前方のシヴォレーの動きを見てたから。今なんていったの?」

「なんにも」わたしはいった。

「とにかく」ヴァイダはいった。「あなたをあの図書館からつれ出さなきゃ。いちばんいいのは、なにもかも投げ出して、洞窟も忘れて、どこかほかのところでいっしょに新しくはじめることかもしれないわね。そう、ニューヨークに行ったっていいし、ミル・ヴァレーに引っ越すこともできるし、バーナル・ハイツにアパートを借りるのも手だし、でなければカリフォルニア大学に戻って、学位をとるのもいいわね。バークレーにある小さな家を借りるの。すてきなところよ。あなたは英雄になるわ」

ヴァイダは堕胎のことよりも、わたしを図書館から引きずり出すことに関心を持っているようだった。

「図書館はぼくの人生なんだ」わたしはいった。「それなしでは自分じゃどうしていいかわからない」

「わたしたちであなたに新しい人生を開いてあげるわ」ヴァイダがいった。

わたしはサン・フランシスコ国際空港が待っている高速道路を見下ろした。空港は宇宙の内部に立っているスピードの城のように、朝の光のなかでほとんど中世風に見えた。

サン・フランシスコ国際空港

ヴァイダは、巨大な弾丸のようにたくさんの車の上にそそり立ってわたしたちを待ち受けている、ベニー・ブファーノの平和像の近くにヴァンを止めた。その像は金属の海のなかに休息しているように見えた。それはやさしいモザイクと大理石の人間をその上にのせた鋼鉄製のものだった。連中はわたしたちになにかを話そうとしていた。残念ながら、わたしたちにはそれを聞いている時間はなかった。

「さあ、着いたわ」ヴァイダはいった。

「ああ」

わたしはバッグを取り出し、予定どおりに早朝にヴァンをあとにした。なにもかも予定どおりにうまくいけば、夜にはまたヴァンに乗るはずだ。ヴァンはほかの車のとなりで、バッファローのように一種孤独に見えた。

わたしたちはターミナルに向かって歩きだした。飛行機を乗り降りする何百人という人でいっぱいだった。あたりは旅をするという興奮の網がかかっていて、人々はそのなかに絡まっており、わたしたちもその網に捕まった。

サン・フランシスコ国際空港のターミナルは巨大で、エスカレーターのようで、大理石のようで、サイバネティックのようで、それにわたしたちのため、わたしたちが完全に用意ができているかどうかわからないことをしようとしているようだ。それはまた非常に《プレイボーイ》的だった。

わたしたちはどんどん進んだ——とても広いのでどんどんということになる——そしてパシフィック・サウスウェスト航空のカウンターで航空券を受け取った。そこに若い青年と娘がいた。ふたりとも美しく、有能だった。その娘は衣服を身につけなければさぞすばらしかろうと思われた。ヴァイダには似ていない。その航空会社のふたりは、翼を切り取られた鷹《たか》のように胸に半翼のついたバッジをとめていた。わたしは切符をポケットに入れた。

それから、わたしはトイレに行きたくなった。

「ここで待っていてくれ」わたしはいった。

トイレはとてもエレガントで、小便をするためにタキシードでも着なければいけないのではないかという気になった。

わたしがトイレに行っているあいだに、三人の男がヴァイダにいい寄った。そのうちのひとりは彼女と結婚したがった。

わたしたちの飛行機がサン・ディエゴに向けて飛び立つまでにまだ四十五分あったので、わたしたちはコーヒーを飲みに行った。ふたたび、大勢の人のあいだに混じるというのはとても変な感じだ。大きな一団のなかにいるのがどんなに複雑なものかを忘れてしまっていた。

だれもかれもが、もちろん、ヴァイダを見つめていた。こんなに多くの注意を惹《ひ》きつける娘にはこれまで会ったことがない。まさしくヴァイダのいったとおりだ。いや、それ以上だった。

ろくでもない給仕人頭のような黄色い上着を着た若いハンサムな男が、大きな緑色の葉をつけた植物のとなりにあるテーブルにわたしたちを案内した。その青年は、ヴァイダにことのほか興味を持った。もっとも、あまりにもそれがむき出しにならないように努めてはいたが。

レストランの基調は、驚くほど大勢の若い人たちが着ている衣服の赤と黄と、それに皿の鳴る大きな音だった。皿がこんなに騒がしい音をたてることをわたしは忘れていた。

お腹はすいていなかったが、わたしはメニューを見た。メニューを見るのも何年ぶりかのことだ。メニューはわたしにおはようをいい、わたしはメニューにおはようをいい返した。わたしたちは実際、メニューに話しかけて人生を終えることもできるのだ。

レストランのどの男もヴァイダの美しさに機敏に反応した。女もまたとたんに嫉妬《しっと》深い態度を示した。女たちは嫉《そね》みでヒステリーでも起こしそうな感じだ。

かわいらしい黄色いドレスに白いエプロンのウェイトレスが注文を取りに来たので、コーヒー二杯を頼んだ。そのウェイトレスはきれいだったが、ヴァイダの美しさに比べると顔色なかった。

わたしたちは窓の外を見た。離着陸する飛行機が目に入った。サン・フランシスコに立ち寄り、それからまた時速六百マイルで飛び立って行く。

白い制服を着、高い白いコック帽をかぶって料理をしている黒人のコックたちがいたが、レストランで食事をしている黒人はひとりもいなかった。黒人は早朝に飛行機に乗るようなことはしないのだろう。

ウェイトレスがコーヒーを運んで来た。コーヒーをテーブルに置くと戻って行った。愛らしいブロンドの髪の毛をしているが、それはヴァイダの前では、なんの役にも立たなかった。ウェイトレスはメニューを持って行った。さようなら、ありがとうございます。

ヴァイダはわたしがなにを考えているかを知っていた。「あなたははじめて見ることでしょう。あなたに会うまでは、これにはわたしはほんとうに悩まされたものよ。そのことはみんな知ってるわね」

「映画界に入るとか、この空港に勤めるとか、これまでに考えたことはある?」とわたしはいった。

それにはヴァイダも笑いだし、その笑い声で二十一歳くらいの青年が体じゅうにコーヒーをこぼしてしまい、あのかわいいウェイトレスがタオルを持って駆けつける羽目になった。その青年は自分のコーヒーのなかで空想していたのだ。

飛行機に乗る時間がきたので、わたしたちはレストランを出た。カフェの出口でとてもかわいいレジ係にお金を払った。お金を受け取るとき、彼女はわたしににっこりと笑いかけた。それから、ヴァイダを見て、笑うのをやめた。

ターミナルで働いている女性のなかには結構美人もいたが、ヴァイダはそんなものは存在しないかのように、ばらばらに切り倒した。彼女の美しさはそれ自体生きていて、それなりにきわめて非情であった。

わたしたちが飛行機に間に合うように歩きだすと、ふたり組の連中が、おたがいの注意をヴァイダに向けようとして、肘《ひじ》で突っつき合った。ヴァイダの美しさは、おそらく百万もの青黒いあざを作ったにちがいない。ああ、サド侯爵、汝《なんじ》のなんと歓ばしい蜂《はち》の巣よ。

母親と連れ立って歩いていたふたりの四歳の少年は、わたしたちの横を過ぎたとき、とつぜん首から上が麻痺《まひ》したように動かなくなった。ヴァイダから目をそらそうともしなかった。できなかったのだ。

たまたますれちがった男性のあいだに大混乱を引き起こしながら、わたしたちはパシフィック・サウスウェスト航空の待合室までおりていった。わたしはヴァイダに腕をまわしたが、その必要はなかった。彼女はほとんど完全に自分の体への恐怖を克服していた。

わたしはこのような光景をいちども見たことがなかった。中年の男が、おそらくセールスマンだろうが、わたしたちが近づいたとき煙草を喫っていた。その男はヴァイダをひと目見るなり、煙草を口にくわえそこなった。

ヴァイダの美しさが完全に彼から抑制を奪った。まるで馬鹿みたいに、ヴァイダから目を離すこともできず、立ちつくして、彼女を見つめていた。

PSA

ジェット機はうずくまり、横目を使い、尾翼のせいで鮫《さめ》のようだった。わたしは飛行機に乗るのはこれがはじめてだ。そんなものに乗りこむのは奇妙な経験だった。

ヴァイダはわたしたちが坐席に落ち着くとき、男性の乗客たちのあいだに、例によって例の恐慌状態を巻き起こした。わたしたちはすぐにシート・ベルトを閉めた。飛行機に乗ったたれもが同じような不安の仲間入りをした。

窓から外を見ると、わたしたちは翼の上にすわっていた。そのとき、わたしは飛行機の床の上に絨毯《じゅうたん》が敷いてあるのに気づいて驚いた。

飛行機の壁にはカリフォルニアの風景が少しばかり描かれていた。ケーブル・カー、ハリウッド、コイト・タワー、パロマー天文台、カリフォルニアの教会、ゴールデン・ブリッジ、動物園、帆船など。それとわたしにはわからない建物。わたしはその建物の絵をじっと見つめた。きっとわたしが図書館にいるあいだにできたのだろう。

飛行機には魅力的なスチュワーデスがいるにもかかわらず、男たちはヴァイダをじーっと見つめていた。ヴァイダはスチュワーデスをも目に入らないものにした。こんなことは彼女たちにとってはめったにないことにちがいない。

「ほんとうに信じられない」わたしはいった。

「みんな好きなようにするといいんだわ。わたしはなにもするつもりはないんだから」

「きみはほんとうに無上の宝だよ」

「それはあなたがいっしょだからよ」ヴァイダはいった。

離陸する前に、マイクを通じて、男の声でアナウンスがあった。わたしたちの搭乗《とうじょう》を歓迎するといってから、気温や雲や太陽や風や眼下のカリフォルニアの天気などについてくどくどと述べた。天候のことなど大して聞きたくはなかった。そのマイクの男がパイロットであることをわたしは望んだ。

外は灰色で寒そうで、太陽を拝める可能性はなかった。とうとう離陸するのだ。機は滑走路に向かって動きだした。はじめはゆっくり、それから速度をあげ、どんどん速くなった。おお、神様！

わたしは自分の下の翼を見た。翼のリベットはひどくきゃしゃに見え、まるでどんなものも支えられないようだ。翼がときどき、きわめてやさしく揺れたが、精巧な先をようやく突き出しているといった感じだった。

「どんな気持ち？」ヴァイダがいった。「少しばかり顔が青いわよ」

「そいつは別だよ」わたしはいった。

離陸するとき、中世風のフラップが水平尾翼から垂れさがっていた。それは引きこみ式の、幻想的な、ある種の鳥の金属の腸であった。

わたしたちは霧のような雲の上を飛び、太陽のまっただなかに入って行った。それは想像の世界のようにすばらしかった。雲は白く美しく、眼下の丘や山に花のように拡がり、その花で谷間をわたしたちの視界から隠していた。

翼のほうを見下ろすと、だれかが一杯のコーヒーを翼の上に置いたかのように、コーヒーのしみらしきものが目に入った。さながらカップの丸い環状のしみと、カップが大きな音を立てては、倒れてできたしみとが見えるようだった。

私はヴァイダの手を摑《つか》んでいた。

ときどき、わたしたちは飛行機をまるで幻の馬のように跳ね上げさせる、大気中の目に見えないなにかに当たった。

もういちどコーヒーのしみを見下ろし、はるか下に見える世界とともにそれが気に入った。一時間足らずでロサンジェルスのバーバンクに着陸し、そこで乗客を乗降させ、それからサン・ディエゴに向かうことになっていた。

出発してからほんの少ししかたってないと思えるほど、わたしたちはとても速いスピードで旅をしていた。

コーヒーのしみ

私は翼の上のコーヒーのしみを愛しはじめていた。とにかく、それはその日にうってつけのものだった。お守りのようだ。わたしはティファナのことを考えだしたが、コーヒーのしみに戻った。

飛行機ではスチュワーデスとともにことは進行していた。彼女らは航空券を受け取り、コーヒーを差し出し、みんなに好かれるようにしていた。

スチュワーデスは、まるで飛行機が尼僧院であるかのように機内の通路を往来する、美しい《プレイボーイ》の尼僧のようだ。短いスカートをはき、愛らしい膝《ひざ》や美しい脚をあらわにしてはいるが、その膝も脚もヴァイダの前ではかすんでしまった。彼女は静かにわたしのとなりの座席にすわり、わたしの手を握り、ティファナの、自分の肉体の目的地について考えていた。

山々には完全な緑色のポケットがあった。農場か畑か牧場なのだろう。その緑色のポケットなら永遠に愛することができるだろう。

飛行機の速度がわたしを愛情深くした。

しばらくして、雲は気がすすまぬふうに谷間を隠すのを諦《あきら》めたが、わたしたちが今飛んでいる下は荒れ果てた土地で、雲さえもそれをほしがらないだろう。山のなかを、道路が幾条《いくすじ》か長い乾いたみみずのように走っている以外には、人間と関係あるものはなにもなかった。

ヴァイダは黙ったままでいた。美しかった。

太陽はわたしの翼の上で、きらきら前後に揺れた。わたしのコーヒーのしみ越しに見下ろすと、今わたしたちは、黄色と緑色に織りなされた農地のある、半ば荒れた谷間の上を飛んでいた。しかし、山には木はなく、不毛で、古代の外科手術の器具のように傾斜していた。

わたしはコーヒーのしみのお守りのそばに、時速何百マイルものスピードを落とすための中世風のフラップを見た。

ヴァイダは、目は南を夢見るように見ていたが、申し分なく美しかった。

機内の反対側の人たちは眼下のなにかを見ていた。なんだろうかと思いながら、わたしの側を見下ろすと、小さな町や、前よりはやさしく見える土地が目に入った。町はだんだん増えてきた。やさしげな土地はしだいに町になり、そして腹這《はらば》いになるように伸びてゆきロサンジェルスとなった。わたしは高速道路を探していた。

わたしがパイロットであってほしいと願った、でなければこの飛行機に搭乗員としてなんらかの関係がある男が、あと二分で着陸すると放送した。わたしたちはとつぜん、雲のような靄《もや》のなかに突っこみ、そしてバーバンク空港に着陸した。太陽は出ていず、なにもかもが霧で暗かった。サン・フランシスコでは灰色の暗さであったのに対して黄色っぽい暗さだった。

飛行機は空《から》になりかけ、それからふたたび満員になった。ヴァイダは乗降が行われているあいだ、衆人環視の的となった。スチュワーデスのひとりが、しばらくいくつか先の座席にぶらっとやって来て、ほんとうにヴァイダがそこにいるのを確かめようとするかのように、彼女をじっと見つめた。

「気分はどう？」わたしはいった。

「いいわよ」ヴァイダはいった。

錆《さ》びついたようなプロペラをしたP－38戦闘機くらいの大きさの小型旅客機が、離陸するために滑走路を進んでいた。その窓は恐怖で慄《ふる》えている乗客でいっぱいだった。

今わたしたちの前にはビジネスマンらしい連中がすわっていた。連中はある娘のことを話し合っていた。みんなが彼女とベッドを共にしたがっている。その娘はフェニックスの支社の秘書だった。連中はビジネス用語を使ってその娘のことを話していた。「彼女とぜひ取り引きしたいもんだ！　ハハ！　ハハ！　ハハ！　ハハハハ！」

〝パイロット〟は新しい乗客を歓迎し、また天候についてくどくど話した。彼がいわなければならないことをだれも聞いてはいなかった。

「サン・ディエゴにあと二十一分で到着する予定です」パイロットは天候の報告を終えてから、いった。

バーバンクを飛び立つとき、空港から汽車がわたしたちと平行して走っていた。わたしたちは汽車がそこには存在しなかったようにそれをあとにし、ロサンジェルスのときと同じように飛び立った。

厚く垂れこめた黄色い靄のなかを昇り、それからとつぜん、太陽が翼に穏やかに輝き、わたしのコーヒーのしみが波乗りをするサーファーのように楽しそうに見えたが、それはつかの間のものだった。

サン・ディエゴにビン・ボン

ビン・ボン！

サン・ディエゴの旅はほとんど雲のなかだった。ときどき、飛行機のなかで電鈴の音が鳴るのが聞こえた。それがどういうことなのかわたしにはわからなかった。

ビン・ボン！

スチュワーデスはさらに航空券をほしがり、さらに人に好かれたがった。微笑が顔から消えることはなかった。笑っていないときでも笑っていた。

ビン・ボン！

わたしはフォスターと図書館のことを思ったが、すぐさま心のなかの話題を変えた。フォスターと図書館のことは考えたくなかった。苦笑。

ビン・ボン！

それから、わたしたちは濃い霧のなかに入り、飛行機が奇妙な音をたてた。その騒音はかなり一定していた。てっきりサン・ディエゴに着陸し、滑走路の上を動いているものと思ったときに、スチュワーデスがあとしばらくで着陸すると報告した。ということは、わたしたちはまだ空中にいたのだ。

フームムム……

ビン・ボン！

湯

サン・フランシスコからのわたしたちのスピードは驚くほどだった。抒情《じょじょう》的な詩に手引きされたように、わたしたちは何百マイルの距離をなんの苦労もなく進んだのだ。とつぜん、視界が晴れると、わたしたちは海の上を飛んでいた。白い波が海岸に打ち寄せているのが見え、そしてサン・ディエゴがあった。定かではないが公園のようなものを目にしたとき、耳がはじけるように鳴り、飛行機がおりはじめていた。

飛行機が止まり、空港の向こうにはたくさんの軍艦が錨《いかり》をおろしていて、その船体と同じ色をした、低く垂れこめた灰色の靄につつまれていた。

「もう、青い顔をしなくてもいいのよ」ヴァイダはいった。

「ありがとう」わたしはいった。「青い木になるゲームはまだやったことがなかったんだ。ぼくには向かないようだ」

わたしはヴァイダといっしょにおりたが、例によって男性の乗客のあいだに混乱を、女性の乗客のあいだには腹立ちを引き起こした。

ふたりの水夫はまるでピンボールの機械で目を押しつぶされたように見えた。わたしたちはそのままターミナルに入って行った。そこは小さく、時代遅れだった。

そこで、わたしはトイレに行かなければならなかった。

サン・フランシスコ国際空港とサン・ディエゴ国際空港の差は男性のトイレにあった。

サン・フランシスコ国際空港では、手を洗うとき栓さえひねれば熱い湯がどんどん出るが、サン・ディエゴ国際空港ではそうはいかない。熱い湯が必要な場合は、栓をそのままずっと押さえていなければならないのだ。

わたしが湯の観察を続けているあいだに、ヴァイダは五度いい寄られた。彼女は蠅のように連中を追い払った。

まったく珍しいことだが、わたしは酒を飲みたい気分になった。バーは小さく、暗く、水兵でごった返していた。わたしはバーテンの容貌が気に入らなかった。立派なバーにも見えなかった。

ターミナルの男たちのあいだにさらに混乱と騒動が起きた。ひとりの男は実際に倒れた。どんなふうにしてかわからないが、とにかく倒れたのだった。わたしがバーで酒を飲むのをやめ、代わりにカフェでコーヒーを飲むことにしたちょうどそのとき、その男は床にひっくり返ったままヴァイダを見つめ上げていた。

「きっときみが彼の三半規管に影響を与えたんだよ」わたしはいった。

「かわいそうな人」ヴァイダはいった。

後ろに飛ぶ

サン・ディエゴ空港のカフェは小さく、非常に多くの若者たちと蠟《ろう》の造花がいっぱいの箱とで、くだけた感じがした。

カフェは、航空会社の関係者で溢れていた。スチュワーデスやパイロットたちが飛行機やフライトについて話している。

わたしが白い制服を着たウェイトレスにコーヒーを二杯注文しているあいだに、ヴァイダはその連中にも影響を与えていた。ウェイトレスは若くもかわいくもなく、まだ目がさめきっていなかった。

カフェの窓は厚い緑色のカーテンでおおわれていて、それが太陽の光線を遮断《しゃだん》し、外のものは飛行機の翼さえも見えなかった。

「さてと、着いたね」わたしはいった。

「それだけは確かね」ヴァイダがいった。

「気分はどう」わたしがいった。

「終わっていたらいいのにと思うわ」ヴァイダはいった。

「そうだね」

わたしたちのとなりにふたりの男がすわって飛行機と風のことを話していたが、八十という数がたびたび口にのぼった。ふたりは時速について話し合っていたのだ。

「八十だ」ひとりがいった。

わたしはティファナでの堕胎のことを考えていたので、ふたりがなにをいっているのか途中でわからなくなってしまった。それから、なかのひとりがいうのが聞こえた。「八十だと、そうなると飛行機は事実上後ろに飛ぶことになるだろうよ」

ダウンタウン

その日はサン・ディエゴでは曇りの、なんの変哲もない日だった。わたしたちはイエロー・キャブに乗ってダウンタウンに向かった。運転手はコーヒーを飲んでいた。わたしたちが乗りこむと、運転手はコーヒーを飲み終えるあいだ、ヴァイダをしげしげと見た。

「どちらに？」彼は、わたしにというよりはヴァイダにいった。

「グリーン・ホテル」わたしはいった。「それは……」

「場所は知ってますよ」運転手はヴァイダにいった。

彼は高速道路に出た。

「太陽は出て来るかな？」わたしはほかになにをいっていいかわからずに、こういった。もちろん、こんなことをいう必要もなかったが、彼はバックミラーを通してヴァイダをまじまじと見つめていた。

「十二時かそこらには飛び出て来るでしょうが、おれはこのほうが好きですよ」運転手はヴァイダにいった。

それで、わたしはバックミラーのなかの彼の顔をたっぷりと見た。その運転手は、ワインの瓶《びん》で死ぬほど殴られ、そのため瓶が割れて中身がこぼれたような顔をしていた。

「着きましたよ」ようやくグリーン・ホテルの前に車をつけながら、彼はヴァイダにいった。

料金は一ドル十セントだったので、わたしは二十セントをチップにやった。彼はこのチップがまったく気に入らないようだった。わたしたちがタクシーを離れ、グリーン・ホテルのなかに入って行くあいだ、手のなかの金をじっと見つめていた。

ヴァイダにさよならさえいわなかった。

グリーン・ホテル

グリーン・ホテルは駐車場と通りを隔てた、本屋のとなりにある、四階建ての赤レンガのホテルだった。わたしは本屋のウィンドーの本を見ないではいられなかった。わたしたちが図書館に保管している本とはちがっていた。

ホテルに入って行くと、フロント係が顔を上げた。ホテルのウィンドーのところには巨大な葉のついた大きな緑色の植物が生けられていた。

「いらっしゃいませ！」その男はいった。とても愛想がよく、口には義歯をいっぱい入れていた。

「こんにちは」わたしはいった。

ヴァイダは微笑を浮かべた。

それが彼をほんとうに喜ばせたようで、彼には大変しづらいことだろうに、二倍は愛想よくなった。

「フォスターの紹介で来たんです」わたしはいった。

「ああ、フォスターね！」彼はいった。「はい。はい。フォスター。電話をかけてきて、あなたがたが来るといってましたっけね。ほんとうにいらっしゃいましたね！　スミスさんご夫妻ですね。フォスター。いい男です！　フォスター、はい」

その男は今や、ほんとうに嵐のような笑いを浮かべていた。きっと、スチュワーデスの父なのだろう。

「お風呂つきの、景色のすばらしい、美しい部屋を用意しておきましたよ」彼はいった。

「ちょうど家にいるようですよ。きっとお気に入ってもらえます」彼はヴァイダにいった。

「ホテルの部屋とは思えません」

どういうわけか、この男はホテルを経営しているのに、ヴァイダにはホテルの部屋に滞在してもらいたくはないようだった。そして、それはまだほんの序の口だった。

「そうです、美しい部屋です」男はいった。「とても愛らしい。サン・ディエゴに滞在するのが楽しくなるはずです。どのくらい滞在されます？　フォスターは、電話ではあまり話してくれなかったのですよ。あなたがたが来るといっただけで、そして、今あなたがたはここにいらっしゃる！」

「一日かそこらです」わたしはいった。

「商用で、それとも観光で？」彼はいった。

「この人の姉さんを訪ねてきたんです」わたしはいった。

「ああ、それはいいことです。その姉さんのお家は狭いんで？」

「ぼくはいびきをかくんです」わたしはいった。

「ああ、なるほど」フロント係はいった。

ホテルの台帳にはサン・フランシスコのスミス夫妻と署名した。わたしがわたしたちの新しい即席の結婚名を書きこむあいだ、ヴァイダはわたしを見守っていた。彼女は微笑を浮かべていた。ああ！　なんと美しく見えたことか！

「お部屋に案内しましょう」フロント係はいった。「美しい部屋です。幸せいっぱい。壁も厚くできています。くつろげますよ」

「それを聞いて安心しました」わたしはいった。「この悩みの種のおかげで、過去にどんなに困ったかわかりません」

「そんなに大きないびきを？」フロント係はいった。

「そうなんです」わたしはいった。「まるで製材所ののこぎりです」

「少しお待ちいただけますか」彼はいった。「弟を呼んで来て、あなたがたを部屋に案内するあいだ、ここをみてもらいますので」

　彼が音の出ないブザーを押すと、しばらくたって彼の弟がエレーベーターでおりて来た。

「すてきなお客さんがお見えだ。スミスさんご夫妻。フォスターのご友人だとか」とフロント係はいった。「ママの部屋をこの人たちにお貸しする」

　その弟はフロントのデスクを出て来た兄と執務を代わるためにデスクの後ろにまわり、なかに入るときに、ヴァイダを一度だけしっかりと見据えた。

　ふたりとも中年だった。

「それはいい」弟のほうのフロント係は満足げにいった。「ママの部屋ならきっと気に入っていただける」

「あなたがたのお母さんはここに住んでいるのですか？」わたしは少しばかり混乱していった。

「いいえ、死にました」そのフロント係はいった。「しかし、それは母が死ぬ前に使っていた部屋です。このホテルは五十年以上、家族でやってきたんです。母の部屋は母が死んだときのままにしてきました。母に安らぎあれ。なにひとつ、いじっていません。あなたがたのようなすてきな人にだけ貸すことにしているんです」

　わたしたちは古代の恐竜のようなエレベーターに乗り、四階の母の部屋に昇った。それは死んだ母親タイプのすてきな部屋だった。

「美しいでしょ？」フロント係はいった。

「とても落ち着いている」わたしはいった。

「すてきだわ」ヴァイダがいった。

「この部屋なら、サン・ディエゴがいっそう楽しめるというものです」彼はいった。

　男は窓のシェードをあげて、わたしたちに駐車場のすばらしい光景を見せた。駐車場を見たことがなければ、それ相当に刺激的だろう。

「ええ、そうでしょうとも」わたしはいった。

「なにか必要なものがあればいってください。できるだけのことはします。モーニング・コールでもなんでも、なんでもいってください。たとえ、あなたがいびきをかくので、姉さんのところに滞在できなくとも、わたしたちはあなたがたにサン・ディエゴの滞在をうんと楽しんでいただくために、ここにいるのですから」

「ありがとう」わたしはいった。

　彼は出て行き、わたしたちは部屋にふたりきりになった。

「いびきのことを話したのは、どういうことなの？」ヴァイダはベッドに腰をおろしていった。

ヴァイダは笑っていた。

「さあ、ね」わたしはいった。「そうするのがいいと思っただけさ」

「あなたは慎重な人ね」ヴァイダはいった。それから、彼女は空の旅の汚れを洗い落として、少しばかり化粧をなおした。わたしたちはいつでもティファナのガルシア先生を訪れる用意ができた。

「さてと、出かけたほうがいいな」わたしはいった。

「いいわよ」ヴァイダはいった。

わたしたちが部屋を出るとき、死んだ母親の亡霊がわたしたちを見守っていた。ベッドの上にすわり、亡霊のものを編んでいた。

ティファナへのバス

わたしはサン・ディエゴは好きではない。わたしたちは数ブロック先のグレイハウンドのバスの発着場まで歩いて行った。花の入った籠が街灯からぶらさがっていた。

その朝、サン・ディエゴは、夜ふかしして疲れた水兵とたった今町に出て来た水兵が歩道を歩いているのを除けば、小さな町の風情があった。

グレイハウンドのバスの発着場は、人といろいろなゲームの機械と自動販売機でいっぱいで、ここにはサン・ディエゴの通りで見かけるよりも大勢のメキシコ人がいた。まるでバスの発着場はメキシコ人の町の一部のようだった。

ヴァイダの肉体、完璧な顔、それに長い明るい髪の毛は、バスの発着場にいる男性にこでもまた影響力をおよぼし、パニック寸前の混乱を引き起こした。

「やれやれ」わたしはいった。

ヴァイダは沈黙で答えた。

ティファナ行きのバスは十五分ごとに出ていて、バス賃は六十セントだった。大勢のメキシコ人が、麦わら帽やカウボーイ・ハットをかぶり怠惰にうずくまって列に並び、ティファナ行きのバスを待っていた。

ジュークボックスはわたしが図書館に入るときからあった時代遅れの流行歌を流していた。このような古い歌をふたたび耳にするのは奇妙な感じだ。

わたしたちの前では若いカップルがバスを待っていた。着ているものも態度もきわめて保守的で、とてもいらいらしており、なんとか落ち着きを保とうと一生懸命のようだった。

その列には競馬新聞を小脇にかかえた男がいた。襟《えり》にも、コートの肩にも、競馬新聞にもふけがかかっていた。

わたしはティファナには一度も行ったことはないが、ほかの国境の町には二カ所ほど行ったことがあった。ノガレスとファレス。ティファナにはあまり期待していなかった。国境の町はあまり感じのいいところではない。ここでは、両方の国の最悪の部分が際立ち、そしてアメリカのすべてがはげ落ちたネオンのように浮き出ている。

わたしは、混雑したバスの発着場にはいつも見られるが、混んでいないバスの発着場には決していない、老けこんだ中年の人たちに気づいた。彼らは数でしか存在せず、混雑したバスの発着場に住んでいるようだ。その連中みんながジュークボックスの古いレコードを楽しんでいるようだった。

ひとりのメキシコ人の男が、ハントのトマト・ソースの箱と、ビニールのパンの袋に雑多な品物をごちゃごちゃと入れて持っていた。それが彼の全財産のようで、それを持ってティファナに帰ろうとしているのだろう。

スライド

ティファナまでの距離は短いが、バスの旅はあまり快適とはいえなかった。窓の外を見ても、バスには翼もなければ、コーヒーのしみもなかった。わたしは飛行機が恋しくなった。

サン・ディエゴの町の非常に貧しいブロックを抜け、それから、わたしたちは高速道路に出た。その道すがらの地域はほとんどなにもなく、書く価値もなかった。

ヴァイダとわたしは手を握り合っていた。わたしたちの手は、自分たちの本当の運命が近づいたので、おたがいの手のなかにあった。ヴァイダのお腹は平べったく、完璧で、これからもそのままだろう。

ヴァイダは、述べる価値がないばかりか、それを通り越して冷たいセメントの高速道路の標識を窓から見ていた。ヴァイダはなにもいわなかった。

若い保守的なカップルは、わたしたちの前の席に冷凍豆のようにすわっていた。ふたりはほんとうにみじめに見えた。わたしはこのふたりがティファナへ行く理由がはっきりわかった。

男のほうが女性になにごとか囁《ささや》いた。その娘はなにもいわずにうなずいた。彼女が泣きだすのではないかとわたしは思った。その娘は下唇を嚙《か》んでいた。

バスから外の車を見下ろすと、後ろの座席にいろいろなものがあった。そこに乗っている人たちはなるべく見ないようにして、後ろの座席にある品物を見ることにした。紙袋、ハンガー三本、何本かの花、セーター、上着、オレンジ、ダンボール箱、犬。

「わたしたちはコンベヤー・ベルトにのっているわけね」ヴァイダはいった。「このほうが楽だよ」わたしはいった。「なにもかもうまくいくさ。心配しないで」「すべてうまくいくってことはわかってるわ」ヴァイダはいった。「でも、あそこにいたらと思うわ。前のふたりは堕胎のことを考えるよりもひどい」

男が、じっと前を見つづけている女に向かってなにかを囁きはじめたので、ヴァイダは顔をそらし、窓からティファァナに通じる無の外界を見た。

ガダラハラから来た男

国境は、興奮と混乱のうちに往来する大量の車の洪水で、わたしたちは堂々としたアーチの下をくぐってメキシコに入った。そこには次のような標識があった。〝ティファァナにようこそ、世界でもっとも訪問者の多い町〟

わたしは、これにはいささかとまどった。

わたしたちは国境を越えてメキシコに入ったところだった。アメリカ人にさよならさえもいわなかったし、わたしたちはとつぜん、習慣のちがう世界に入って来た。

まず、メキシコ人が好きな例の四五口径のオートマチック・ピストルをつけたメキシコ人の警備兵がいて、メキシコに入って来る車を調べていた。

それからメキシコへの歩道に沿って立っている刑事らしきほかの連中がいた。わたしたちにはなにもいわなかったが、後ろのふたり、若い男と女が止められ、国籍を尋ねられた。ふたりはイタリア人だといった。

「イタリア人です」

ヴァイダとわたしはアメリカ人に見えたようだった。

アーチは、堂々としている上に、美しく、現代的で、そこにはすばらしい庭があり、そのなかにはたくさんの立派な河の岩石が飾られていたが、わたしたちはタクシーを捕まえたかったので、タクシーの駐車場に行った。

わたしは、北部メキシコをおおっている例の有名な甘っ辛いほこりに気づいた。それは奇妙な旧友に再会したようだった。

「タクシー！」

「タクシー！」

「タクシー！」

運転手が大声で叫んで、メキシコに入って来たばかりの白人《グリンゴ》に向かって手招きしていた。

「タクシー！」

「タクシー！」

「タクシー！」

タクシーは典型的なメキシコ風で、運転手はまるで客を肉片でも扱うように押した。わたしは、強引に売りつける連中は嫌いだった。わたしはそんなふうにできていなかった。例の保守的な若いカップルがすっかり怯《おび》えてやって来て、車に乗ると、わたしたちの目の前に平べったく横たわっているティファナに向けて見えなくなった。その先はかすんだような黄色をした、貧しそうな丘になっていて、たくさんの家が建っていた。

あたりは、アメリカ・ドルとその聖書的なメッセージを求めてけたたましく叫ぶ声でびりびりしはじめた。タクシーの運転手は、ティファナとその快楽という肉に引き入れようとする蠅のように限りがないように見えた。

「ハーイ、美人のおねえさんとビー・トルさん！　乗りなさいよ！」運転手は大声で叫んだ。

「ビートル？」わたしはヴァイダにいった。「ぼくの髪の毛はそんなに長いかな？」

「少しばかり長いわね」ヴァイダは笑っていった。

「そこのビー・トルさんと、別嬪《べっぴん》さん！」別の運転手が叫んだ。

タクシー！　タクシー！　タクシー！　と絶え間なくうるさく叫びかける。とつぜん、メキシコではなにもかもがわたしたちにとっては忙しくなった。わたしたちは今、ちがう国、わたしたちの金を見たがる国にいた。

「タクシーはどう！」

「タクシーは！」

（狼《おおかみ》の口笛）

「ビー・トルさん！」

「タクシー！」

「そこの人！」

「タクシーだよ！」

「ティファナにどう！」

「いかす！」

「タクシー！」

（狼の口笛）

「タクシー！」

「タクシー！」

「セニョリータ！　セニョリータ！　セニョリータ！」

「ハーイ、ビートルさん！　タクシーはどう！」

それから、メキシコ人の男がひとり、静かにわたしたちに近寄って来た。少しばかり当惑したような表情をしている。背広を着ていて四十歳くらいに見えた。

「車があります」その男はいった。「ダウンタウンまでどうです？　車はあそこです」

それは十年前のビュイックで、汚れていたが、よく整備されていて、わたしたちに乗ってもらいたがっていた。

「ありがとう」わたしはいった。「ほんとうに助かった」

その男はまともに見えたし、わたしたちの役に立ちたがっているだけのようだった。なにかを売りつけようとしているような感じがまったくなかった。

「車はすぐそこです」彼はその車をとても誇りにしているかのように示しながら、くり返していった。

「ありがとう」わたしはいった。

わたしたちはその男の車のほうに歩いて行った。彼はわたしたちのためにドアを開け、それからぐるりとまわって、車に乗った。

「ここは騒がしいでしょ」その男はティファナに向かって一マイル行ったか行かないところでいった。

「少しばかり喧《やかま》しいね」わたしはいった。

国境を離れたあと、そのメキシコ人はくつろいだ感じになり、わたしたちに向かっていった。「午後を過ごしに国境を越えていらしたのですか？」

「ええ、サン・ディエゴに住んでいる女房の姉さんを訪ねているあいだに、ティファナを見ておこうと思って」わたしはいった。

「まあ、一見の価値はありますがね」彼はいった。そういったときの男の口調はあまり楽しそうではなかった。

「ここに住んでるんですか？」わたしはいった。

「ガダラハラで生まれたんです」彼はいった。「美しい町ですよ。そこがわたしの故郷です。行ったことありますか。美しいところです」

「ええ」わたしはいった。「五、六年前だったかな。すばらしい町でした」

窓の外を見ると、道端《みちばた》に小さな見世物小屋が見棄てられてあった。それは平べったく、泥の水たまりのようによごれていた。

「あなたはメキシコには前にもいらしたことがありますか、セニョーラ？」その男は父親然としていった。

「いいえ」ヴァイダはいった。「これがはじめてです」

「これでメキシコを判断しないでください」男はいった。「メキシコはティファナとはちがいます。一年と数カ月、ここで働いてきました。ガダラハラに帰るつもりです。今度、帰ったら、もうあそこに住みつきますよ。ガダラハラを出るなんて馬鹿でした」

「なにをなさってるんです？」わたしはいった。

「政府の関係です」彼はいった。「国境を出入りするメキシコ人の調査をしてましてね」

「なにか興味あることがわかりまして?」ヴァイダがいった。

「いいえ」その男はいった。「どこも同じです。なにも変わったところはありません」

〈ウルワース〉からの電話

その役人は、ついに名前を聞き逃したが、わたしたちをティファナのメイン・ストリートにおろし、政府の観光案内所の建物を指さしてティファナにいるあいだになにをすればよいかを知りたければそこへ行けば教えてくれるだろうといって、立ち去った。

その政府観光案内所は小さく、ガラス張りで、とてもモダンで、建物の前には像があった。その像は灰色の石像で、落ち着いているようには見えなかった。建物よりも高い。像は前コロンビア期の神か男のようで、あまり楽しくないことをしようとしているようだ。

建物そのものはきわめて魅力的だが、その小さな建物のなかにいる連中がわたしたちのためにできることはなにもなかった。わたしたちはメキシコの人たちからは別のサービスを必要としていた。

だれもかれもが、ドルを求めてわたしたちに押し寄せ、ほしくもないものを売りつけようとした。ガム売りの子供、国境の町のガラクタを買わせようとする連中、まだ着いたばかりなのに、どこかほかに行って楽しみたいかもしれないのに、もうわたしたちを国境に連れ戻すべく大声で叫ぶさらに多くのタクシーの運転手。

「タクシー！」

「別嬪さん！」

「タクシーだよ！」

「ビートルさん！」

（狼の口笛）

ティファナのタクシーの運転手はわたしたちふたりにずっと献身的だった。わたしは自分の髪がそんなに長いとは思ってもいなかった。ヴァイダのほうはここでも間違いなくその効果を発揮している。

わたしたちは電話を探しにメイン・ストリートにある大きな、モダンな〈ウルワース〉に行った。パステル風の柔らかい色をした建物で、赤く大きな〈ウルワース〉という看板がかかっており、正面は赤いレンガ造りで、大きなショー・ウィンドーはイースター用の商品でいっぱいだった。たくさんの、きわめてたくさんの兎や黄色いひよこが楽しそうに大きな卵から飛び出していた。

〈ウルワース〉は、ほんの数フィート離れた、というより、正面のウィンドー越しに外を見ると、すぐそばの外に比べて、清潔で、よく手入れされ、落ち着いていた。

売り子として働いている女の子たちはとても魅力的で、肌の色は小麦色で、若く、目が表情豊かだ。〈ウルワース〉なんかよりも銀行で働くべきだと思うほどだ。

その売り子のひとりに電話がどこにあるかを尋ねると、彼女はその方向を指さした。

「あそこにあります」その売り子は愛らしい英語でいった。

わたしは、ヴァイダといっしょに電話のほうに行った。彼女は、店のなかの男性たちのあいだに、エロティックな混乱をさかんにまき散らした。メキシコの女性は、とてもきれいではあったが、ヴァイダにはかなわなかった。ヴァイダは自分でも考えもしないで、その娘たちを射ち倒したのだった。

電話は店内案内所のそば、トイレのとなり、革のベルトの売場と毛糸と婦人もののブラウスの売場の近くにあった。

なんてくだらんことを覚えてなければならないのだろうと思ったが、その電話番号はわたしが覚えていたことであり、それを忘れてもいいときがくるのが待ち遠しかった。

電話はアメリカの硬貨が使えた。このような五セント銅貨は楽しかった子供時代によく使われたものだった。

男が電話に出た。

医者のような声だった。

「ガルシア先生でしょうか？」わたしはいった。

「そうですが」

「フォスターという男が昨日、先生に電話してわたしたちのことを話してくれたと思います。今、ここに着いたところなんです」わたしはいった。

「それはよかった。今どこにいます？」

「〈ウルワース〉です」わたしはいった。

「申し訳ありませんが、わたしの英語あまりうまくありません。女の子に代わってもらいます。彼女の英語は……はるかにいいです。ここへどうやって来るか彼女が教えるでしょう。お待ちしています。なにもかもうまくいきますよ」

女性が電話を代わった。とても若々しい声でいった。「〈ウルワース〉にいらっしゃるのですね」

「そうです」わたしはいった。

「それほど遠くはありません」その娘はいった。

それがわたしにはひどく奇妙に思えた。

「〈ウルワース〉をお出になったら、右に曲がって、三ブロック行き、フォース・ストリートで左に曲がり、四ブロック歩き、それからまた左に曲がってください。そのブロックの真ん中に緑色の建物があります。そこです。おわかりになりました？」

「ええ」わたしはいった。「〈ウルワース〉を出て、右に曲がり、三ブロック行き、フォース・ストリートで左に曲がり、四ブロック歩いてまた左に曲がる。そのブロックの真ん中にある緑色の建物なんですね」

　ヴァイダは聞き耳をたてていた。

「奥さんはなにも口にしていらっしゃいませんね？」

「ええ、なにも食べてません」わたしはいった。

「結構です、お待ちしてますから。迷ったらまた電話をしてください」

　わたしたちは〈ウルワース〉を出、教えてくれた道順に従って、ティファナのガラクタの土産物を売りつけようとする連中やタクシーの運転手やガムを売る子供たちにもみくちゃにされ、狼の口笛、車、車、車、それに、びっくりするような動物的な叫び声と「ハーイ、ビートルさん！」と呼びかける声に囲まれながら進んだ。

　フォース・ストリートはわたしたちが来るのを永遠に待っていた。まるでわたしたちが、ヴァイダとわたしがここに来るのをずっと運命づけられていたように。そして今、今朝サン・フランシスコを発ち、たくさんの人生を経たあとに、ここにやって来たのだった。

　通りは車と人と胸が躍るような興奮でいっぱいだった。どの家にも芝生はなく、あるのは有名なほこりだけだ。そのほこりがガルシア先生のところに導いてくれるわたしたちのガイドだった。

　緑色の建物の前には、真新しいアメリカの車が駐車していた。カリフォルニアのナンバーをつけている。どうしてこんなところにこの車が来ているか答えを見つけるのに時間はかからなかった。若い婦人もののセーターがそこに置かれていた。なんとも無力に見えた。医者のオフィスの前では、子供たちが何人か遊んでいた。子供たちは貧しく、みじめな服装をしていた。彼らは遊びをやめて、わたしたちがなかに入って行くのを見守った。

この子たちには見慣れた光景であることは疑う余地がなかった。大勢の白人《グリンゴ》を町のこの区域で、この緑色の日乾しレンガ塀《べい》の建物のなかに入って行く、とても不幸せそうな白人《グリンゴ》を見ているのだろう。わたしたちはその子供たちを失望させはしなかった。

第五部　わたしの三つの堕胎

家具の研究

ドアには小さな呼び鈴があった。ここから遠く離れたところにあるわたしの図書館の銀の鐘とはちがっていた。ここのは指で押して鳴らすベルだ。わたしはそのとおりにした。人が出て来るまでにしばらく待たなければならなかった。子供たちは遊びをやめて、わたしたちを見守っていた。彼らは幼くて、おそまつな服装で、汚れている。栄養不足で奇妙な体つきをし、何歳なのか見当もつかないような顔をしている。五歳かと思った子供が八歳だったりする。七歳に見える子供が実際には十歳だったりするのだ。恐ろしいことだ。

いかにもメキシコ人の母親らしい女が何人かやって来た。彼女たちもわたしを見た。その目は無表情だが、そういった表情から、わたしたちが堕胎《アボーショニスタス》を受けに来た者だと知っていることを示していた。

そのとき、医者のオフィスへ通ずるドアが、その瞬間常に開くようにあらかじめ設定されたように難なく開いた。ドアを開けたのはガルシア先生その人だった。彼がどんな顔か知らなかったが、わたしにはその当の医者だということがわかった。

「どうぞ」ガルシア先生は身振りで入るように示していった。

「どうも」わたしはいった。「ついさっき、電話をしたものです。わたしはフォスターの友人です」

「わかってます」ガルシア先生は静かにいった。「どうぞ、こちらに」

医者は小柄な中年の男で、まさしく医者の服装をしていた。彼のオフィスは大きく、ひんやりとしていて、たくさんの部屋が、まるで迷路のように、わたしたちにはなにもわからない奥のほうへと続いていた。

彼はわたしたちを小さな応接室に連れて行った。床は現代的なリノリウムが張ってあり、現代的な病院用の家具が配置されていた。すわり心地のよくない長椅子が一脚と、どうしたって体が収まりそうもない椅子が三脚。

家具はアメリカの医院で見かけるものとまったく同じだった。片隅には、大きな、平べったい、冷たい緑色の葉をつけた背の高い植物があった。その葉はなんの用もなしていなかった。

部屋のなかにはすでにほかの人が何人かいた。父親と母親と十代の娘。この娘は明らかに建物の前に駐車している新車の持ち主にちがいなかった。

「どうぞ」医者は部屋のなかのふたつの空いた椅子を身振りで示していった。「すぐです」彼はやさしく笑いながらいった。「お待ちください、すぐですから」

ガルシア先生はわたしたちをほかの三人といっしょに残し、廊下を横切り、わたしたちには見えない別の部屋に入って行った。三人はひと言も喋《しゃべ》らなかった。建物全体がふしぎなくらい静まり返っていた。

みんながみんなおたがいを、事情があってメキシコに非合法な手術を受けに来ているときの一種神経質な視線で見た。

その娘の父親はサン・ホアキン・ヴァレーにある小さな町の銀行家といった感じで、母親はさまざまな社会的な慈善活動に参加している女性に見えた。

娘はかわいらしく、明らかに知性もあり、堕胎を待つあいだ、どういう表情を作っていればいいかわからず、それで、鋭く振りまわされるナイフのように、なにに対してということなく微笑を浮かべつづけていた。

父親はまるで融資を断わろうとするかのようにきわめて厳しい顔をし、母親はお上品な、社交的なお茶のパーティの席で、だれかが少しばかりはしたないことを口にしたことで、微《かす》かにショックを受けたような顔をしていた。

その娘は、つぼみが開きかけている体をしてはいたが、堕胎をするにはあまりにも若く見えた。もっとほかのことをしているべきだったろう。

わたしはヴァイダを見やった。彼女も堕胎をするには若すぎるように見えた。わたしたちみんなは、こんなところでなにをしているのだろう？　ヴァイダの顔からだんだん血の気が失せてきていた。

ああ、けがれのない愛は、たんに大きくなる肉体的状況であって、わたしたちのキスのようにはいかない。

わたしの最初の堕胎

永遠のように思える時、あるいはおよそ十分がたち、それから医者が戻って来て、ほかの人たちのほうが先に来ていたのに、ヴァイダとわたしについてくるように身振りで示した。おそらくフォスターのおかげなのだろう。

「どうぞ」ガルシア先生は落ち着いた声でいった。

わたしたちは彼のあとに続き、廊下を横切り、小さなオフィスに通された。オフィスにはデスクとタイプライターがあった。そこは日よけがおろされて暗く、涼しい。革の椅子が一脚あり、壁とデスクには医者とその家族の写真が飾られていた。

この医者が取った学位と、卒業した学校を示すいろいろな証書がかけられていた。

直接手術室に向かって開いているドアがあり、十代の女の子がその部屋で、片づけものをしており、もうひとりの十代の男の子が彼女を手伝っていた。

大きな青い炎が手術器具がいっぱいのった盆の上にあがった。その男の子は器具を火で殺菌消毒していた。それはヴァイダとわたしを驚かせた。手術室には、両脚を押さえつける金属製の留め金がついたテーブルと、それに付随する革ひもがあった。

「痛くありません」その医者はヴァイダとそれからわたしにいった。「痛みはありません し、清潔です、みんな清潔、痛くない。心配しないで。痛くないし、清潔です。痕《あと》はなにも残りません。わたしは医者です」ガルシア先生はいった。

わたしはなんといっていいかわからなかった。あまりにも神経がたかぶっていて、ほとんどショック状態にあった。ヴァイダの顔からは完全に血の気が失せ、目はもうなにも見えないかのようだった。

「二百五十ドルです」医者がいった。「よろしく」

「フォスターは二百ドルといってました。わたしたちはそれだけしか持っていません」わたしは自分の声を耳にした。「二百ドル。あなたがフォスターにいった金額です」

「二百ドル。それがあなたの持っているお金ですか?」医者はいった。

ヴァイダはその場に立ち、自分のお腹の値段をわたしたちが裁定しているのを聞いていた。ヴァイダの顔は夏の青白い雲のようだ。

「そうです」わたしはいった。「それだけしか持ち合わせていません」

わたしは金をポケットから取り出して、医者に渡した。わたしが金を出してかざすと、医者はそれをわたしの手から取った。そして数えもせずに金をポケットに入れ、それからふたたび医者に戻り、あとは、わたしたちがそこにいるあいだ、医者として振る舞った。

ガルシア先生が医者であるのをやめたのはほんの一瞬だけだった。それは少しばかり奇妙だった。わたしは自分がなにを期待したかはよくわからない。それからあとは終始、彼が医者であってくれたのはとてもいいことだった。

フォスターはもちろん正しかった。

彼はヴァイダに向くと医者になり、微笑を浮かべていった。「痛くはしませんからね、それに、清潔にします。あとにはなにも残りませんし、痛みもありません、ハニー。わたしを信じてください。わたしは医者です」

ヴァイダは半ば微笑んだ。

「どのくらいになります？」医者はわたしにいって、彼女のお腹を指さそうとしたが、それをやりとおせずに、彼の手は届かずなんの意味もない手振りになった。

「五週間か六週間です」わたしはいった。

ヴァイダの微笑はさらに弱まった。

医者は考えこむようにして、心のなかのカレンダーをめくり、それから、そのカレンダーに慈愛深くうなずいた。それはおそらく彼にとってきわめて親しいカレンダーなのだろう。旧友にちがいない。

「朝御飯は食べてませんね?」彼はそういって、ヴァイダのお腹を指さしかけたが、またやりそこなった。

「食べてません」わたしはいった。

「いい娘さんだ」医者はいった。

ヴァイダの微笑は三十七分の一になった。

男の子は手術用の器具を消毒し終わると、手術室に続いている別の大きな部屋に行って小さなバケツを持って来た。

別の部屋のなかにはベッドがあるようだった。わたしが反対のほうに頭を動かすと、ベッドがあり、その上にひとりの娘が寝ていて、ベッドのそばの椅子には男がひとりすわっているのが見えた。部屋のなかはとても静かに見えた。

助手の男の子が手術室を出て行ったあとすぐに、トイレの水の流れる音が聞こえ、それから水が蛇口から流れ、そのあとトイレに水が流しこまれ、もういちどトイレの水が流される音を聞いた。そして男の子はバケツを持って戻って来た。

バケツは空《から》だった。

男の子は手に大きな金の腕時計をしていた。

「さあ、なにもかも用意できました」医者はいった。

色の浅黒い、かわいい、同様にすばらしい腕時計をした十代の娘が医者のオフィスに入って来て、ヴァイダに笑いかけた。その微笑は、さあ時間ですよ、いっしょについて来てください、とでもいっているようだった。

「痛くありません、痛くありません、痛くしません」医者は気味の悪い童謡のようにくり返した。

痛みはない、なんとも奇妙に聞こえた。

「ご覧になりたいですか？」ガルシア先生は手術室のベッドのほうを身振りで示していった。堕胎を見守りたいのなら、そこにすわって見られるようになっていた。

わたしはヴァイダのほうを見た。ヴァイダはわたしに見てもらいたくないと思っていたし、わたしも同じ気持ちだった。

「いいえ」わたしはいった。「ここにいます」

「来てください、ハニー」医者はいった。

助手の娘がヴァイダの腕に触れ、ヴァイダは彼女といっしょに手術室に入って行き、ガルシア先生はドアを閉めたが、それは完全には閉まらなかった。まだ一インチかそこら開いていた。

だ。
「痛くはありませんから」助手の娘がヴァイダにいった。ヴァイダに注射を打っているの
それから、医者がスペイン語で青年になにかいうと、彼はオーケーといって、なにごと
かをした。
「着ているものを脱いでください」娘はいった。「それから、これをつけて」
それから、医者がスペイン語でなにかいうと、男の子はスペイン語で答え、その娘がい
った。「どうぞ。今度は両脚を上げてください。そうです。結構です。ありがとう」
「それでいいんです、ハニー」医者はいった。「痛くはないでしょ？　なにもかもうまく
いきますからね。いい娘さんだ」
それから、医者は男の子にスペイン語でなにかいい、そのあと娘がスペイン語で医者に
なにかいい、今度は医者がふたりにスペイン語でなにかいった。
しばらく手術室ではなにもかもがとても静かになった。わたしは、医者の暗く涼しいこ
の部屋を、まるでだれか別の医者の手のように、体に感じた。
「ハニー？」医者はいった。「ハニー？」
答えはない。
それから、医者はスペイン語で男の子になにかいい、男の子がなにか金属的な、手術器
具のような音をたてて医者に答えた。医者は金属的な、手術器具のようなものを使って、

それを男の子に戻すと、男の子はほかの金属的な、手術器具のようなものを医者に手渡した。

なにもかもが、しばらくは、静かであるか、金属的な、手術器具のような音をたてた。

それから娘がスペイン語で男の子になにかいうと、男の子は英語で答えた。「わかってる」

医者がスペイン語でなにかいった。

娘がスペイン語で答えた。

しばらく時間がたち、そのあいだ手術の音はまったくなかった。ようやく片づける音がして終わったとき、医者と男の子と娘がスペイン語で話していた。

話しているスペイン語はもはや手術とは関係なかった。それはただの後片づけのことを話し合うスペイン語だった。

「何時かしら？」娘がいった。彼女は自分の時計を見たくないようだ。

「一時に近い」男の子がいった。

医者が英語でふたりの会話に加わった。「あと何人だ？」

「ふたりです」娘がいった。

「ドス？」医者はスペイン語でいった。

「もうひとりあとから来ることになっています」娘はいった。

医者はスペイン語でなにかいった。

娘はスペイン語で答えた。

「三時だったらいいのに」男の子が英語でいった。

「女の子たちのことを考えるのはやめるんだ」医者は冗談まじりにいった。

それから医者と娘はスペイン語で、短い非常に早口の会話を交わした。

このあとに騒々しい沈黙が続き、それから医者が手術室から、重そうな意識のないものを運び出す音がした。彼はそれを別の部屋に置き、しばらくして戻って来た。

娘はわたしがいる部屋のドアのほうに歩いて来て、そのドアを開けた。わたしのいる暗い、涼しいオフィスはとつぜん手術室の明かりで満たされた。男の子は部屋の掃除をしていた。

「こんにちは」娘は微笑を浮かべていった。「いっしょにいらしてください」

娘はさりげなくわたしに、まるで手術室がバラの庭であるかのようにうなずき招いた。

医者は手術用の器具を青い炎で殺菌消毒していた。

彼は火にかざしている器具から目を上げてわたしを見た。「すべてうまくいきましたよ。約束したように痛みはありません。みんなきれいです。いつものようにね」彼は笑った。

「完全です」

娘は、ヴァイダがまだベッドに意識を失って寝ている別の部屋にわたしを連れて行った。

ヴァイダは温かいふとんを上にかけてもらっていた。別の時代のなかで夢を見ているようだ。

「申し分のない手術でした」娘がいった。「複雑なことはなにもありませんし、これくらい順調にいったことはないほどです。少したてば目をさまします。ほんとうに美しいかたですね」

「ああ」

その娘はわたしに椅子を持って来て、ヴァイダのベッドの脇に置いた。わたしはその椅子にすわり、ヴァイダを見た。ヴァイダはそのベッドのなかで、とても孤独に見えた。わたしは手を伸ばし、彼女の頰に触れた。まるでたった今、手術室から意識を失ったまま出て来たような感じがした。

部屋には小さなガス・ヒーターがあって、静かに暇をもて余すように燃えていた。部屋にはベッドがふたつあり、ついさっきまで若い娘が横たわっていたもう一方のベッドは空《から》っぽで、ベッドのそばの椅子にもだれもすわっていなかった。このヴァイダの寝ているベッドもわたしがすわっている椅子もまもなく空《から》っぽになるだろう。すべては空《から》っぽになる。

手術室へのドアは開いていたが、わたしがすわっているところからは手術台はまったく見えなかった。

わたしの二番目の堕胎

　手術室へのドアは開いていたが、わたしがすわっているところからは手術台はまったく見えなかった。しばらくして、あの十代の娘が待合室から連れて来られた。

「なにもかもうまくいきますからね、ハニー」と医者はいった。「痛くはありません」彼はその娘に自分で注射をした。

「着ているものを脱いでください」助手の娘がいった。

　一瞬、びっくりしてあわてふためいた沈黙があり、それから、その十代の娘が脱衣する不器用な、困惑したような音が聞こえてきた。

　彼女が着ているものを脱《と》ったあと、手術台に寝ている娘よりも若い助手の娘がいった。

「これを着てください」

　その娘はそれを身につけた。

　わたしはヴァイダの眠っている姿を見た。彼女も同じものを着ていた。

　ヴァイダの衣類は椅子の上にたたんであり、靴は椅子のそばの床の上に置いてあった。

　その衣類と靴は、今はヴァイダが身につけていないのでとても悲しそうに見えた。彼女はその前方に意識を失って横たわっている。

「さあ、両脚を上げて、ハニー」ガルシア先生がいっていた。「もう少し高く。それで結構」

それから医者はスペイン語でメキシコ娘になにかいった。娘がスペイン語で答えた。

「高校のとき、スペイン語を六カ月間、習いました」十代の娘が、両脚を拡げ、金属製のあぶみにくくりつけられたままでいった。

医者がスペイン語でメキシコ娘になにかいうと、娘はスペイン語で答えた。

「ああ」医者はとくにだれにというでもなく、気がなさそうな返事をした。その日はたくさんの堕胎の手術をしたのだろう、彼は十代の娘にいった。「それはよかった。もっとよく勉強しなさい」

男の子はスペイン語で早口になにかいった。

メキシコ娘が非常な早口でスペイン語でなにかいった。

医者はスペイン語でとても早口になにかいってから、十代の娘にいった。「気分はどうです、ハニー？」

「なんとも」娘は笑っていった。「なにも感じません。なにかを感じるべきなんですか？」

医者は男の子にスペイン語で大変な早口でなにかいった。彼は答えなかった。

「気分を楽にしてください」医者は十代の娘にいった。「くつろいで」

三人ともスペイン語で、そのことで早口に喋《しゃべ》り合った。なにか面倒があったようで、そのあと医者はスペイン語でメキシコ娘に早口でなにかいった。医者は最後に次のようなことをいった。「コモ・セ・ディケ・トレンタ（英語で三十ってどういうんだ）？」

「三十です」メキシコ娘はいった。

「ハニー」医者はいった。十代の娘にかがみこむようにしていた。「数を数えてください、わたしたちのために三十まで、いいですね、ハニー」

「わかったわ」娘は、微笑を浮かべていったが、はじめてその声は少しばかり疲れているようだった。

　薬の効果が表われはじめていた。

「1、2、3、4、5、6……」ここで、中断した。「7、8、9」……ここでまた中断したが、最初のときよりも少し長かった。

「数えて、三十まで、ハニー」医者はいった。

「10、11、12」

　ここで完全に止まった。

「三十まで数えるのです、ハニー」男の子がいった。その声はガルシア先生と同じように柔らかで、やさしかった。ふたりの声は同じ銅貨の裏表みたいだ。

「12のあとはなにがきます？」十代の娘がくすくす笑った。「知ってるわ！　13よ」彼女は12のあとに13が出て来てとても満足したようだった。「14、15、15、15」

「15はいいましたよ」医者がいった。

「15」十代の娘はいった。

「その次はいくつです？」男の子がいった。

「15よ」十代の娘は非常にゆっくりと勝ち誇ったようにいった。

「その次は、ハニー？」医者がいった。

「15」娘はいった。「15よ」

「さあさ、ハニー」医者はいった。

「その次の数は？」男の子がいった。

「その次は？」医者がいった。

娘はなにもいわなかった。

ほかの三人もなにもいわなかった。部屋のなかは静まり返った。わたしはヴァイダを見下ろした。彼女もとても静かだった。

とつぜん、手術室の沈黙がメキシコ娘の声で破られた。「16」

「なんだって？」医者がいった。

「なんでもありません」メキシコ娘はそういった。それから堕胎の言葉と沈黙がはじまったのだった。

白墨板の研究

ヴァイダはそこにやさしく静かに横たわり、ベッドの上の大理石のほこりのようだった。意識を取り戻す兆候はぜんぜん示さなかったが、呼吸が正常なので心配はしなかった。

それで、わたしはそこにすわったまま、別の部屋で行なわれている堕胎の手術に耳を傾け、ヴァイダと今自分のいる場所を見つめていた。わたしのサン・フランシスコの図書館からかくも離れた、メキシコのこの家のなかを。

医者のオフィスの日乾しのレンガの壁のなかは寒いので、小さなガス・ヒーターがその役目を果たしていた。

わたしたちの部屋は迷路の中心にあった。

部屋の片側には小さな廊下があって、トイレの開いたドアを過ぎて奥へと走り、台所で終わっている。

台所は、ヴァイダが白墨板のように空《から》になったお腹で、意識もなく横たわっているところから、およそ二十フィート離れていた。台所には冷蔵庫と流しとフライパンがいくつかのっているコンロが見えた。

わたしたちの部屋のもう一方の側には、小さな体育館とも思えるような大きな部屋が続いていていて、その先にはさらに部屋がもうひとつあった。

ドアは開いていていて、その部屋のなかには大きな動物が平べったく眠っているように、もうひとつのベッドが黒く、ぼんやりと見えた。

わたしは、まだ麻酔からさめないヴァイダを見下ろし、手術室で堕胎が終わるのを聞いていた。

とつぜん、手術用の器具が静かな交響楽のようにぶつかり合う音がし、それからもうひとつの白墨板に加わったものを片づける音が聞こえた。

わたしの三番目の堕胎

ガルシア先生は十代の娘を腕にかかえて部屋を通り抜けた。彼は小柄ではあったが、とても力持ちで、その娘をなんの苦労もなく運んだ。

娘はとても静かで、意識がないようだった。彼女のブロンドの髪は医者の腕に奇妙にもつれてふりかかっていた。医者は娘をかかえて小さな体育館のような部屋を通り過ぎ、そのとなりの部屋に入り、黒い動物のようなベッドに娘を横たえた。

それから、医者はわたしたちの部屋に来て、ドアを閉めると、迷路の入り口のほうに行き、娘の両親と戻って来た。

「完全にうまくいきました」ガルシア先生はいった。「苦痛もなく、きれいなものです」

ふたりは医者になにもいわず、医者はわたしたちの部屋に戻って来た。医者がドアを通り過ぎるとき、娘の両親は彼のほうを見守り、横たわっているヴァイダとそのそばにすわっているわたしを見た。

わたしがふたりを見ると、ふたりはドアが閉まる前にわたしを見た。ふたりの顔は、硬直し、凍《い》てついた風景のようだった。

男の子がバケツを持って部屋のなかに入って来て、トイレに行き、胎児と堕胎の名残りを流した。

トイレの水が流された直後に、器具を火で消毒する炎の音が聞こえた。

それは、今日のメキシコでなんどもくり返された火と水の古代の儀式だった。

ヴァイダはまだ意識を取り戻さないままだった。メキシコ娘が入って来てヴァイダを見た。「眠ってますね」娘はいった。「とてもうまくいきました」

娘は手術室に戻り、それから、次の女性が手術室に入って来た。その女性はメキシコ娘がさっき口にしていた〝人〟にちがいなかった。わたしたちがここにいるあいだに来たので、どんな女性かはわからなかった。

「今日はなにか食べましたか？」医者はいった。

「いいや」男が、まるで自分の気に入らないだれかに水爆を落とすことについて話すように、きびしい口調でいった。

男はその女性の夫だった。彼は手術室に入って来ていた。堕胎を見守ることに決めたのだろう。ふたりともひどく緊張していて、女性のほうはそこにいるあいだ、どんなときにも三言しか喋らなかった。女性が注射を受けたあと、彼は女性が脱衣するのを手伝った。男は妻の両脚が手術台の上で拡げられて縛られるあいだ、すわっていた。堕胎の手術に好都合な姿勢をとり終わる頃には、もう女性は意識を失っていた。そのせいかすぐに手術がはじまった。

この堕胎は機械のように自動的に行なわれた。医者と助手たちのあいだには、ほとんど会話は交わされなかった。

わたしは手術室にいる男の存在を感じことができた。男はそこに考えこむようにすわって、美術館が彼と妻を引っさらっていくのを待っている銅像のようだった。わたしは女性のほうはぜんぜん見なかった。

堕胎のあと、医者は疲れたようで、ヴァイダはまだ意識がないまま寝ていた。医者が部病のなかに入って来た。彼はヴァイダを見下ろした。

「まだだな」彼は自分の質問に自分で答えた。

わたしはほかに口にすることがなかったので、まだです、と答えた。

「大丈夫です」医者はいった。「こんなこともあるのです」

医者はひどく疲れきっているように見えた。今日、彼が堕胎をいくつ行なったかは神のみが知っていた。

ガルシア先生はベッドのほうにやって来て、その上にすわった。ヴァイダの手を取り、脈をみた。それから手を伸ばし、瞳孔を開いた。ヴァイダの目は何千マイルも遠くから彼を見返した。

「大丈夫です」彼はいった。「もう少しすればさめます」

医者はトイレに入って行き、両手を洗った。彼が手を洗ったあと、男の子がバケツを持って入って行き、その後始末をした。

助手の娘は手術室を清掃していた。医者は手術室の診療ベッドに女を寝かせていた。彼は肉体の処置にほんとうに忙しそうだった。

「アアアアアアアアア！」医者が十代の娘を運んでいった体育館のような部屋のドアの背後で声がするのをわたしは聞いた。「アアアアアアアアアア！」それは感傷的な、酔っ払いの声だ。それはその娘の声だった。「アアアアアアアアアアア！」

「16！」娘はいった。「アイ、アアアアアアアアアアア！」

娘の両親は真剣な、押し殺したような声で娘に話しかけていた。ふたりともひどく体裁を気にしていた。

「アアアアアアアアアアアアアアアア！」

ふたりは、まるで家族の久しぶりの集まりで娘が酔っ払い、その酔っ払いぶりを隠そうとしているかのように振る舞っていた。

「アアアアアアアアア！　変な感じ！」

手術室の夫婦は完全に沈黙していた。聞こえてくる唯一の音はメキシコ娘の声だった。男の子はわたしたちの部屋を通って戻って来て、それから建物のどこかほかに行ってしまった。二度と戻っては来なかった。

助手の娘は手術室を清掃し終わったあと、台所に入って行き、医者のために大きなステーキを料理しはじめた。

冷蔵庫から瓶《びん》入りのビールを取り出し、医者のために大きなグラスにビールを注いだ。医者は台所にすわった。ビールを飲んでいる彼はここからはほとんど見えなかった。

そのとき、ヴァイダが眠りながら体を動かしはじめた。目を開いた。しばらくはなにも見ていなかったが、やがて、わたしを見た。

「ハーイ」ヴァイダは微《かす》かな声でいった。

「ハーイ」わたしは微笑を浮かべていった。

「目がまわる感じ」彼女はだんだん正気に戻ってきた。

「心配いらないよ」わたしはいった。「なにもかもうまくいってるから」

「よかったわ」彼女はいった。もうそこまできている。

「静かに横になって、気を楽にして」わたしはいった。

医者が台所のテーブルから立ち上がり、入って来た。手にはビールの入ったコップを持っていた。

「気がつきましたね」彼はいった。

「ええ」わたしはいった。

「よかった」彼はいった。「よかった」

医者はビールのコップを持って、台所に入って行き、すわりなおした。ひどく疲れているようだった。

そのとき、外の体育館のような部屋にいるふたりが娘に服を着せているのが聞こえてきた。彼らは急いで帰りたがっていた。まるで酔っ払いに話しかけるように喋った。

「手が上げられないわ」娘がいった。

両親は娘になにか厳しくいったようだった。彼女は両手を宙に上げたが、ふたりは娘にブラジャーをどうしてもつけられず、最後には諦《あきら》めて、母親はブラジャーをハンドバッグに入れた。

「アアアアアアアアアア！　目がまわる」両親が半ばかかえるように、半ば引きずるようにして部屋から出て行くとき、娘はいった。

ドアが二度ほど閉まる音がして、それから台所で医者の昼食を料理する音以外、あたりは静まり返った。熱いフライパンの上で焼かれているステーキが、大きな音をたてた。

「あれはなんの音？」ヴァイダがいった。わたしには、ヴァイダが部屋を出て行く娘の物音をいっているのか、ステーキを料理する音をいっているのかわからなかった。

「先生が昼食を食べるところだ」わたしはいった。

「そんなに遅いの？」彼女はいった。

「うん」わたしはいった。

「ずいぶん長いあいだ意識がなかったのね」ヴァイダはいった。

「ああ」わたしはいった。「もうすぐここを出て行かなければならないけれど、きみがその気になってからにするよ」

「やれるだけのことはやってみるわ」ヴァイダはいった。

医者が部屋のなかに戻って来た。腹をすかせているのと疲れているのとで、いらいらしており、のんびりと休憩がとれるように、しばらく閉院にしたがっていた。

ヴァイダが医者を見上げると、彼は笑っていった。「ほら、痛みはないでしょ、ハニー。なにもかもうまくいきました。しっかりした娘さんだ」

ヴァイダは弱々しく笑い、医者は台所に戻った。ステーキはできあがっていた。医者が昼食をとっているあいだに、ヴァイダはゆっくりとすわりなおし、わたしは彼女が服を着るのを手伝った。ヴァイダは立ち上がろうとしたが、まだ無理だったので、わたしはしばらくのあいだ彼女をすわらせた。

すわっているあいだに、ヴァイダは髪をくしけずり、それからもう一度立ち上がろうとしたが、まだ立っていられず、もう一度ベッドにすわりなおした。

「まだ、少しぐらぐらするわ」ヴァイダはいった。

「いいさ」

別の部屋の女性が意識を取り戻し、彼女の夫がすぐさま服を着せながら、「ほら、ほら、ほら、ほら」と痛々しいオクラホマ訛《なま》りでいった。

「疲れた」その女は口をきくのもおっくうだといった態度でいった。

「ほら」その男は彼女がほかのなにかをつけるのを手伝いながら、いった。

着せ終わると、男はわたしたちの部屋に入って来て、そこに立って医者を探した。ヴァイダがベッドの上にすわって、髪をくしけずっているのを見て、その男は当惑した。

「先生？」彼はいった。

医者はステーキを食べるのをやめて立ち上がり、台所の戸口にやって来た。男はドアのほうに歩きかけたが、数歩進んだだけで立ち止まった。

医者がわたしたちの部屋に入って来た。

「なんです？」医者はいった。

「どこに車を停めたか思い出せないんです」男はいった。「タクシーを呼んでいただけますか？」

「車を失くしたんで？」医者はいった。

「〈ウルワース〉のとなりに駐車したんですが、〈ウルワース〉がどこにあるのか思い出せないんです」男はいった。「ダウンタウンまで行ければ、〈ウルワース〉はわかります。そこへ行く道がわからないんです」

「若いのが帰って来ます」医者はいった。「その子に自動車のところまで案内させます」

「ありがとう」男は別の部屋にいる妻のほうに向きを変えていった。「聞いたかい？」男は妻にいった。

「ええ」女は精いっぱいそれだけを口にした。

「待つことにするか」男はいった。

ヴァイダはわたしを見やった。わたしはヴァイダに微笑み返し、彼女の手を口に持ってきて、それにキスをした。

「もう一度やってみるわ」ヴァイダはいった。

「わかった」わたしはいった。

ヴァイダはもう一度努力した。今度はうまくいった。ヴァイダはしばらくその場に立っていて、それからいった。「もう大丈夫。さあ、行きましょう」

「ほんとうに大丈夫かい？」わたしはいった。

「ええ」

わたしはヴァイダがセーターを着るのを手伝った。医者は台所からわたしたちを見た。微笑んではいたが、なにもいわなかった。彼はすべきことをしたのだから、今度はわたしたちがすべきことをした。わたしたちはガルシア先生のところを出た。

わたしたちは、部屋から例の体育館のような部屋にさまよいこみ、ひんやりとした空気の層を通り過ぎてドアに向かった。

その日はずっと灰色の曇った天気だったので、わたしたちは外の明るい光に驚いた。なにもかもがたちどころに騒々しくなり、通りは車だらけで、混乱し、貧しく、荒廃し、メキシコそのものだった。

まるでわたしたちはタイム・カプセルのなかにいたようだったが、今ふたたび解放されて、この世界に戻って来たのだ。

子供たちが医者のオフィスの前でまだ遊んでいたが、その活発な遊びを中断して、目をしばたたいているふたりの白人《グリンゴ》がおたがいにしがみつくようにしてかかえ合って、通りを歩き、子供のいない世界に入って行くのを見守った。

第六部　英雄

ふたたび〈ウルワース〉

　わたしたちはゆっくりと、用心深く、買いたくもない品物を売りつけようとする連中に取り巻かれ、攻めたてられながら、ティファナのダウンタウンに戻って行った。ティファナに来た目的はすでに果たしていた。わたしはヴァイダに腕をまわした。もう大丈夫のようだったが、まだ少し弱っていた。

「気分はどうだ？」わたしはいった。

「大丈夫よ」ヴァイダはいった。「でも、ちょっとばかり弱ってるわね」

　わたしたちは、古い、荒れ果てた、人でいっぱいの駅のそばに、小さなゴム製の死体のようにうずくまっているひとりの老人を見た。

「へーイ、別嬪《べっぴん》さん！」

　メキシコ人の男たちが、今は青白い美しさを漂わせているヴァイダに反応を示した。

ヴァイダは微《かす》かな笑いをわたしに向けたが、そのときひとりのタクシーの運転手が劇的にわたしたちの前で車を止め、窓から体を出し、馬鹿でかい例の狼の口笛を吹いて、「ワーウ！　あんたにはタクシーが必要だ、ハニーー！」といった。

わたしたちはティファナのメイン・ストリートに着き、いつのまにかふたたび〈ウルワース〉の前に出、ウィンドーの兎を見つけた。

「お腹すいた」ヴァイダがいった。「とてもすいたわ」

「なにか食べなきゃ」わたしはいった。「なかに入って、スープでもあるかどうか見てみよう」

「それがいいわ」ヴァイダはいった。「なにか食べなきゃね」

わたしたちは、ティファナの混乱し、汚れたメイン・ストリートから、清潔で、現代的な、まわりとは完全に不調和な〈ウルワース〉の建物のなかに入って行った。とてもきれいなメキシコ娘がカウンターでわたしたちの注文をとった。なににいたしましょうか、と聞いた。

「なににいたしましょう？」

「この人はスープだ」わたしはいった。「クラム・チャウダーがいい」

「ええ」ヴァイダがいった。

「あなたはなににされます？」ウェイトレスがウルワース仕込みの上手な英語でいった。

「バナナ・スプリットをもらうかな」わたしはいった。

ウェイトレスが注文を聞いているあいだに、わたしはヴァイダの手を握った。ヴァイダは頭をわたしの肩にもたせかけた。それから微笑を浮かべていった。「あなたは今、未来のピルの絶大なファンを見てるのよ」

「気分は？」わたしはいった。

「ちょうど堕胎を受けた感じ」

そのとき、ウェイトレスがわたしたちに食べものを持って来た。ヴァイダがゆっくりとスープを飲んでいるあいだ、わたしはバナナ・スプリットを食べた。何年ぶりかに口にするバナナ・スプリットだ。

それはそのような日に口にするには変わった食べものだったが、慰安設備を利用しにこのティファナの王国にやって来て以来起きたほかのこととなんの変わりもない。

タクシーの運転手はアメリカに戻るあいだ、ヴァイダから一度も目を離さなかった。彼の目はまるでもうひとつの目を持っているかのように、バックミラーからわたしたちを見た。

「ティファナは楽しかったですか」

「よかったよ」わたしはいった。

「なにをしました？」彼はいった。

「堕胎をした」わたしはいった。

「ハハハハハハハトテモオカシイイジョウダン！」

運転手は笑った。

ヴァイダが微笑した。

さよなら、ティファナ。

火と水の王国。

ふたたび、グリーン・ホテル

例のフロント係はわたしたちを待ちかまえていて、熱心に微笑と質問とを浴びせた。わたしは、彼が勤務時間中に酒を飲んでいるにちがいないと思った。彼のその親しげな態度にはなにかがあった。

「お姉さんにお会いになりましたか？」彼は義歯をむき出して大きな微笑を浮かべていった。

「えっ？」ヴァイダはいった。彼女は疲れていた。

「ええ、会いましたよ」わたしはいった。「昔とちっとも変わっていなかった」

「変わっているどころかそれ以上だったわ」ヴァイダはこのゲームのあとをついで、いった。

「それはようございましたね」フロント係はいった。「人は変わるべきではありません。常に同じでいるべきです。そうなれば人は幸せでいられます」

わたしはその言葉がぴったりかどうかを考え、真面目な顔のままでいることができた。長い一日だった。

「妻が少し疲れたようなんです」わたしはいった。「部屋に上がります」

「親類の人に会うのは疲れますからね。興奮することばかりで。家族の絆《きずな》を新たにするのは」フロント係はいった。

「そうですね」わたしはいった。

彼はわたしたちに彼の母親の部屋の鍵《かぎ》をくれた。

「部屋を覚えていらっしゃらないんでしたら、案内しますよ」彼はいった。

「いいえ、その必要はありません」わたしはいった。「わかりますから」わたしはそういって彼をさえぎった。「ほんとうに美しい部屋ですね」

「でしょ？」彼はいった。

「とても愛らしい部屋だわ」ヴァイダがいった。

「母はあそこにいてとても幸せでした」その男はいった。

わたしたちは古いエレベーターで二階に上がり、部屋のドアを開けた。「さあ、ベッドからおりるんだ」わたしは部屋のなかに入って行くときにいった。「おりろ」わたしはくり返していった。

「どうしたの？」ヴァイダがいった。

「母親の亡霊さ」わたしはいった。

「ああ」

ヴァイダはベッドに横たわり、目を閉じた。わたしは彼女の靴を脱がし、彼女をもっと楽にしてやった。

「気分は？」わたしはいった。

「少し疲れたわ」

「少し休もう」わたしはヴァイダをカバーの下に入れ、わたしもいっしょに入った。

一時間ぐらい眠り、わたしは目をさました。母親の亡霊が歯を磨いていたので、わたしたちが出て行くまで、クロゼットに入っているようにいった。亡霊はクロゼットに入り、そのあと戸を閉めた。

「やあ、ベイビー」わたしはいった。ヴァイダは眠りながら体をもぞもぞ動かし、それから目を開いた。

「もう何時かしら？」ヴァイダはいった。

「もう午後の真ん中頃だ」わたしはいった。

「飛行機は何時に発つの？」

「六時二十五分」わたしはいった。「飛行機に乗っても大丈夫そうかい？　気分がよくないんなら、ひと晩ここで過ごしてもいいんだぜ」

「ええ、大丈夫よ」ヴァイダはいった。「サン・フランシスコに帰りましょうよ。サン・ディエゴは嫌いだわ。なにもかもここに残して出て行きたいの」

わたしたちは起き上がり、ヴァイダは顔を洗い、化粧をなおし、それで、まだ少しばかり弱ってはいたが、かなり元気になった。

わたしがクロゼットにいるホテルの亡霊の母親にさよならをいうと、ヴァイダもわたしに加わっていった。「さようなら、幽霊さん」

わたしたちはエレベーターでおり、勤務時間中に酒を飲んでいるのではないかとわたしが疑ったフロント係のほうに向かった。

彼はオランダ航空のバッグを手に持って立ち、部屋の鍵を返そうとするわたしを見て驚いた顔をした。

「今晩はお泊りになるのではなかったのですか？」男はいった。

「いいや」わたしはいった。「妻の姉のところに泊ることに決めたんです」

「いびきはどうなさいます？」彼はいった。

「医者に診てもらいに行くつもりです」わたしはいった。「一生、これから逃げているわけにはいきませんからね。こんなふうにして一生を送るわけにはいきません。男らしく、それに立ち向かう決心をしたんです」

ヴァイダがわたしに目で、少しばかりいきすぎだというように注意したので、わたしは引きさがることにしていった。「あなたは美しいホテルをお持ちですね。友人たちがサン・ディエゴを訪れるようなことがあれば、かならずここに泊るようにすすめますよ。おいくらですか?」

「ありがとう」男はいった。「いりません。あなた方はフォスターの友人ですからね。でも、あなた方はひと晩もお泊りにならなかった」

「それはいいんです」わたしはいった。「あなたはとても親切にしてくれました。ありがとう、じゃさようなら」

「さようなら」フロント係はいった。「お泊りになるときには、ぜひいらしてください」

「ええ、来ます」わたしはいった。

「さようなら」ヴァイダがいった。

とつぜん、彼は少しばかり絶望的に、偏執狂的になった。「部屋が悪いということではないんでしょうね?」彼はいった。「あれは母の部屋なんです」

「なにも悪いところはありません」わたしはいった。「申し分ありませんでした」

「すばらしいホテルですわ」ヴァイダはいった。「美しい部屋。ほんとうに美しい部屋です」

ヴァイダの言葉に彼は落ち着きを取り戻したようだった。というのは、わたしたちがホテルから出るときに、「あなたの姉さんによろしく」といったからだった。

タクシーのバック・シートに身を寄せ合ってすわり、サン・ディエゴに向かっているとき、わたしたちはそのことをちょっと考えた。タクシーの運転手は今度はアメリカ人だったが、バック・ミラーに映るヴァイダから目を離さなかった。

わたしたちが車に乗ったとき、運転手はいった。「どちらに？」

「国際空港に」とそういうだけで、簡単にすむと思った。

そうではなかった。

「サン・ディエゴ国際空港なんでしょ？　そこに行きたいんでしょ？」

「ああ」わたしは、なにかおかしいことに気づきながらいった。

「確かめたかっただけですよ」彼はいった。「昨日、国際空港に行きたいという客を乗せたんですが、その人のいっている国際空港がサン・ディエゴではなくて、ロサンジェルスだったものですからね。それで確かめたわけです」

ああ、なるほど。

「それでロスまで？」わたしはいった。わたしはほかにどうしてよいかわからなかった。

それにわたしと運転手とは明らかに調子が合わなくなっていた。

「ええ」彼はいった。

「その客はきっと飛行機が怖かったんだ」

タクシーの運転手はバック・ミラーに映るヴァイダを見守っていたので、その冗談がわからなかったようだ。そしてヴァイダはわたしを見守っていた。

運転手はヴァイダを見つめつづけていた。運転のほうにはほとんど注意を払っていなかった。ヴァイダといっしょにタクシーに乗るのは危険きわまりないことだ。

わたしはこれからは、ヴァイダの美しさにわたしたちの生命の危険を冒させるようなことはすまいと、心のなかにしっかりと刻みこんだのだった。

サン・ディエゴ（ロサンジェルスではない）国際空港チップの深淵《しんえん》

不幸にも、タクシーの運転手はわたしが与えたチップにとても不満足のようであった。

タクシー料金は来たときと同じ一ドル十セントだったが、今朝早く乗ったタクシーの運転手とのいきさつを思い出したので、わたしはチップを三十セントに上げた。

彼は三十セントのチップを見て驚き、わたしたちには見向きもしなくなった。三十セントを見たときには、彼には、ヴァイダさえもがなんの意味もなくなった。サン・ディエゴ空港までのチップはいったいいくらが妥当なのだろう？

飛行機が出るまでに一時間あった。ヴァイダはひどくお腹がすいていたので、わたしたちはカフェでなにか食べることにした。五時三十分頃だった。

わたしたちはハンバーガーを食べた。ハンバーガーを口にするのは何年ぶりかのことだったが、あまりおいしくはなかった。ぺしゃんこだった。

しかし、ヴァイダはハンバーガーがおいしい、といった。

「あなたはハンバーガーの味を忘れたのよ」ヴァイダはいった。「あんな修道院のようなところに何年もいたので、ちゃんとした判断がつかなくなったんだわ」

近くにふたりの女性がすわっていた。そのうちのひとりはプラチナ色の髪の毛で、ミンクのコートを着ていた。中年の婦人で、若くてさわやかな感じの、かわいらしい娘に話しかけていた。その娘は、自分の結婚式や花嫁に付き添う女の子のためにデザインされた小さな帽子のことを話していた。

その娘は脚のほうはなかなかすてきだったが、オッパイの部分が少しばかり小さかった。それとも、わたしが甘やかされているのだろうか？　そのふたりはチップも置かずにテーブルを離れて行った。

ウェイトレスはこれに腹を立てた。

彼女はきっと今日サン・ディエゴで会ったふたりの運転手の親戚《しんせき》にあたるのだろう。

ウェイトレスは、チップの置いていないテーブルをまるで性犯罪者でもあるかのように睨《にら》みつけていた。ひょっとすると、彼女はあのふたりの運転手の母親かもしれない。

さらば、サン・ディエゴ

わたしはサン・ディエゴ空港をじっくりと見た。空港は小さく、《プレイボーイ》的なものはなにもなく、ごくあっさりとしていた。人々はそこには、きれいに見えるためではなく、働くためにきているのだ。

そこには次のような表示が出ていた。〝手荷物として到着する動物は、建物の後ろにある航空貨物の区域で受け取ることができます〟

このような表示はサン・フランシスコ国際空港では絶対に見られないものだ。

わたしたちが飛行機を待つために出ようとしたとき、松葉杖をついた青年が三人の年老いた男たちに伴われてやって来た。その連中はヴァイダを見つめたが、なかでも若い男が一番熱心にヴァイダを見つめた。

ここは、サン・フランシスコのあの美しいパシフィック・サウスウェスト航空の待合室とはほど遠かった。それでサン・ディエゴ空港の建物の外に出て、鮫《さめ》のような形をした、飛びたくてうずうずして、甲高い蒸気が吹き出すような音をたてる飛行機を金網のそばで待った。

その夜は寒く、近くの、あるいはハイウェイのそばのシュロの樹といっしょに、灰色の靄《もや》がわたしたちの上に垂れこめてきた。そのシュロの樹が実際以上に寒く感じさせるようだった。この寒空の下では、場違いの感じだ。

滑走路に止っている飛行機のそばで、軍楽隊が演奏していたが、ここから遠すぎて、なんのために演奏しているのかは、わからなかった。どこかのお偉方が到着したか、出発するところかもしれない。それはまるでわたしのハンバーガーと同じような音がした。

わたしの秘密の永遠のお守り

わたしたちはまた翼の上の座席にすわった。わたしは来たときと同じように窓際にすわった。とつぜん、十二秒間で、外が暗くなった。ヴァイダは疲れて黙ったきりだった。翼の端には小さな明かりがついていた。わたしは、二十三マイル先で輝いている燈台のような暗闇のなかの明かりが気に入ったので、それを永遠にわたしの秘密のお守りにすることにした。

若い聖職者が通路越しにすわっていた。ロサンジェルスまでの短い距離のあいだ、彼はヴァイダに完全に打ちのめされていた。

最初は努めてあけすけに見えないようにしていたが、しばらくして、もうどうでもいいという気になったようで、いちどは通路に身をのり出して、ヴァイダに言葉をかけようとした。実際、言葉を口にしかけたが、そこで気持ちを変えたのだった。

ティファナへの往復で弱り疲れてはいるが、カリフォルニアの上空、ロサンジェルスに向かって急速に移動する空のなかで、もっとも美しい、堕胎をした哀れなわたしの愛人に、この聖職者がなにを話しかけようとしたかを、わたしはおそらく長いあいだいろいろと臆測することだろう。

ヴァイダへの聖職者の関心から気持ちをそらして、わたしは、図書館にいるフォスターのことに、今日持ちこまれている本を彼がどう扱っているかに思いをめぐらせた。

彼が正しいやり方で本を歓迎し、その著者をくつろがせ、わたしがいつもやっているように、著者が自分は求められていると感じさせてくれていることを望んだ。

「もうすぐ、着くわね」ヴァイダは、もの思いに忙しかった長い沈黙のあとにいった。その聖職者の落ち着きは、ヴァイダが喋《しゃべ》ったときに緊張でふるえた。

「ああ」わたしはいった。「ぼくも今そのことを考えていたところなんだ」

「わかってるわ」ヴァイダはいった。「あなたの心のなかの騒音が聞こえたもの。図書館ではなにもかもうまくいっているわよ。フォスターのことだから立派にやってくれてるわ」

「きみだって、立派だったよ」わたしはいった。

「ありがとう」ヴァイダはいった。「うちに帰れるっていうのはとてもいいわね。図書館に戻って、ゆっくりと寝るの」

ヴァイダが図書館を自分の家だと思ってくれたことはとても嬉しかった。わたしは窓の外のお守りを見た。サン・ディエゴ行きの飛行機の例のコーヒーのしみと同じくらいにこれが気に入った。


〝ひょっとすると〟と〝十一歳〟

夜になると様子は変わった。はるか下の家や町は美しくなることを求め、それは信じられないほどの情熱で輝く遠くの明かりのなかでかなえられた。ロサンジェルスに着陸するのは、まるでダイアモンドの指輪のなかにおりるようだった。

例の聖職者はロサンジェルスで飛行機をおりたくないようだったが、そこが彼の目的地である以上、おりないわけにはいかなかった。ひょっとすると、ヴァイダが彼にだれかを想い起こさせたのかもしれない。ひょっとすると、この聖職者の母親がとても美しかったので、それにどう処してよいかわからなくなり、僧服を着る羽目に追いやられたものの、今ふたたび美しいヴァイダを見たことで、時間の鏡を通して過去が渦巻くようにして戻って来たのかもしれない。

ひょっとすると彼は、わたしが今までの人生で思ってもみなかった、まったくちがったことを考えていて、その彼の考えていることは凡人のおよばないほど至高で、彼は銅像にされてしかるべきなのかもしれない……ひょっとすると。フォスターの言葉を借りるなら、「世のなかには、ひょっとするとが多すぎて、それに見合うだけの人間がいない」のだ。

わたしはとつぜん、また図書館のことをあれやこれやと考え、それから、例の聖職者が実際に飛行機をおりてロサンジェルスの一部になってしまったことを名残り惜しく思った。彼は、ヴァイダのことをこのロサンジェルスの町の大きさくらいに記憶にとどめることだろう。

「あれを見たでしょ?」ヴァイダがいった。

「ああ」わたしはいった。

「わたしが十一歳のときから、こうなの」ヴァイダはいった。

フレスノ、それからサリナスに三と二分の一分

この飛行機のスチュワーデスたちは信じられないほど浅薄で、クローム色の笑い以外はまったくなんの性格も持たないできそこないの女としてこの世に生まれてきたにちがいない。もちろん、全員が美しいことは美しかった。

なかのひとりは小さなカートを通路に沿って押しながら、カクテルを売ろうとしていた。彼女は、コンピューターによって前もって録音されているにちがいないと思えるような非人間的な歌声をしていた。

「カクテルはいかがですか」

「カクテルはいかがですか」

「カクテルはいかがですか」

小さなカートを空中で押しているあいだ。

「カクテルはいかがですか」

「カクテルはいかがですか」

下には明かりはなかった。

輝け、おお、お守りよ！

わたしは顔を窓につけて、目をこらして見、星をひとつ見つけて、願をかけたが、なにを願ったかはいう気はない。そんなことまでいう義理はないはずだ。美しいミス・ゼロからカクテルを買って、自分自身の星を見つけることだ。夜の空にはどんな者にも星がひとつある。

わたしたちの後ろにはふたりの女性がいて、サン・フランシスコへの三十九分間のあいだ、のべつまくなしにマニキュアについて話し合っていた。そのうちのひとりは、マニキュアされていない指の爪は岩の下敷にすべきだと考えていた。

ヴァイダはマニキュアをしていないが、そんなことは気にせず、その女性たちの会話に耳を傾けもしなかった。

時たま、飛行機は空中の見えない馬にはね上げられたが、それは気にもならなかった。わたしは、わたしの空の家であり、空の愛人であるこの727型ジェット機が気に入っていたからだ。

パイロットかどうかは知らないが、男の声が、窓の外にはフレスノの明かりが見え、それはサリナスの明かりから三と二分の一分離れているとアナウンスした。

わたしはすでにサリナスを探していたが、飛行機のなかのできごとに注意をひかれた。

その女性のひとりが十年前にマニキュアの液を猫にこぼしたことを話しており、わたしは一瞬、明かりを見るのをやめて、その女性が話していることを考えたが、サリナスが懐かしくなり、それでわたしのお守りはサリナスだと考えることにした。

堕胎の聖者

サン・フランシスコに着陸しようとしたとき、わたしたちの背後にいたふたりの女性はマニキュアに関する会話を終えた。

「マニキュアなしでは死にたくないわ」とひとりがいった。

「あんたのいうとおりだわ」ともうひとりがいった。

わたしたちは着陸地点からほんの三マイルほどしか離れていず、黒いハイウェイのようにわたしのお守りに通じている翼は見えなかった。まるで翼なしで、ただお守りだけで着陸しようとしているかのようだった。

ああ、ちょうど着陸するときに翼がまるで魔法のように現われた。

ターミナルにはどこにも兵隊が大勢いた。まるで軍隊がそこでキャンプを張っているようだ。兵士たちはヴァイダを見ると、自制心を失った。わたしたちがターミナルのビルのなかを横切り、車を停めている駐車場に向かっているあいだに、ヴァイダのせいでアメリカ陸軍には三トンばかりの精液が増加したことだろう。

ヴァイダは一般市民にまで影響を及ぼした。銀行家らしき男が東洋人の女性にまともに当たり、その女性を倒してしまった。彼女はサイゴンから飛んで来たばかりで、アメリカへの最初の訪問でこんな目にあうとは思ってもいなかったので、驚いているふうだった。

ここにもまた、ヴァイダの魅力の犠牲者がいた。

「あなたにはこれが我慢できるかしら？」ヴァイダがいった。

「きみが得たものを瓶詰《びんづめ》にすべきだな」わたしはいった。

「さしずめヴァイダ・ポップね」ヴァイダがいった。

「気分はどう？」わたしはヴァイダに腕をまわしていった。

「家に帰れて嬉しいわ」彼女はいった。

サン・フランシスコ国際空港が、わたしたちがまだそうする用意ができていないのにわたしたちを歓迎したがっている、《プレイボーイ》風のサイバネティックな宮殿のような役割を演じてはいたにしても、そのときにはわたしたちは、国際空港がティファナから戻って来た最初の家のような感じがした。

わたしは早く図書館に戻り、フォスターに会いたかった。

ブファーノの銅像が、わたしたちにはどうにも理解しがたいことだが、巨大な弾丸の上に奇妙な人間たちを発射体かなにかのように固定し、安らかにわたしたちを待っていた。ヴァンに乗りこむときに、わたしは、それがだれであるにしろ、堕胎の聖者の肖像があってしかるべきではないかと思った。ヴァイダとわたしが今終えたと同じような旅行をした何千という女性のために、火と水の王国に、つまりメキシコのガルシア先生と助手が待ちかまえ、金勘定をしている手の中に飛びこんでいった女性たちが車を停めた駐車場あたりに建ててはどうだろう。

ヴァンは、神に感謝したいほど、親しみ深く、くつろいだ人間的な感情さえ持っていた。そのヴァンは匂いにおいてもその状態においてもフォスターを反映していた。カリフォルニアの歴史を旅してきたあとでは、ヴァンのなかにいることがとてもいい気分だった。

わたしは片手をヴァイダの膝《ひざ》の上にのせ、サン・フランシスコのなかにバラのように輝きを放っている、わたしたちの前の車の赤い光を追っているあいだ、そのままでいた。

新しい人生

図書館に着いたとき、もう暗くて、寒かったけれども、わたしたちが最初に目にしたのは、例のTシャツを着たまま階段にすわっているフォスターだった。

図書館に明かりがついていたので、わたしはどうしてフォスターが階段のところにすわったきりでいるのだろうかと思った。図書館を管理するのにふさわしい方法とは思えなかった。


フォスターが立ち上がり、いかにも親しげに大きく手を振った。

「やあ、そこのご両人」彼はいった。「どうだった？」

「うまくいった」わたしはヴァンからおりながらいった。「こんなところで、なにしてるんだ？」

「おれのかわい子ちゃんはどうだい？」フォスターはヴァイダにいった。

「すばらしく快調よ」彼女はいった。

「なぜ、きみはなかにいない？」わたしはいった。

「疲れた？」フォスターはヴァイダにいった。彼はヴァイダにやさしく腕をまわした。

「少しね」ヴァイダはいった。

「まあ、だいたいがそうなるものなんだ。だけど、しばらくのあいださ」

「図書館は？」わたしがいった。

「いい子だ」フォスターはヴァイダにいった。「あんたに会えてほんとうに嬉しいよ！この小銭ばっかりのなかで、あんたは百万ドルに見える。なんてすばらしい眺めだろう」とフォスターはヴァイダの頰にキスをした。

「図書館は？」わたしはいった。

フォスターがわたしのほうに向いた。「そいつについちゃ申し訳ないことをした」彼はそういうとヴァイダのほうに向いた。「なんて、美しい人だ！」

「なにが申し訳ないって？」わたしはいった。

「心配はいらないよ」フォスターはいった。「これがいちばんいいことなんだ。おまえは休息が必要なんだ。気分転換をしたほうがいい。今のほうが、はるかに幸せだろう」

「幸せだって、なにが？　いったいどうなっているんだ？」

「それが」フォスターはいった。彼はヴァイダに腕をまわし、ヴァイダは、彼がなにがあったかを説明しようとするときに顔を上げて彼を見た。

ヴァイダは微《かす》かな笑みを浮かべていたが、フォスターが説明していくうちに、その笑みはしだいに大きくなった。「それが、まあ、こういったしだいなんだ。おれが図書館のなかにすわっておまえのおかしな病院の番をしているところに、あの女が本を持って入って来て、それから――」

わたしは視線を、フォスターからいかにも親しげな明かりが輝いている図書館のほうに移し、ガラスのドアのなかを見ると、デスクの背後にひとりの女性がすわっているのが目に入った。

顔は見えないが、女性であることはわかったし、それにまったくくつろいでいるように見えた。わたしの心臓と胃が奇妙なぐあいに高鳴りはじめた。

「まさか？」わたしはあとの言葉も見つけられずにいった。

「そのとおりさ」フォスターはいった。「あの女ときたら、おれの図書館の扱い方は恥さらしで、おれはぐうたらで、自分が代わって図書館を管理するといいだしたんだ。ありがたいこった。

おれは、おまえがもうここに長いあいだいて、図書館を立派に管理してきていて、おれはただ臨時で番をしているだけだと話してやった。だが女は、それはどうでもいい、もし、おまえがおれにたとえ一日でも図書館を任せたのなら、もうこの図書館を管理する資格はないというんだ。

おれはあの女に洞窟《どうくつ》で働いているといったら、あいつときたら、おれはそこでもう働く必要はない、自分の弟がこれからは洞窟の番をするから、おれは仕事を見つけるなりしてほかのことをするのを考えるべきだといいだしたんだ。

それから、寝起きする部屋がどこにあるかと聞いたんで、指さすと、あの女はなかに入って行って、おまえの持ちものをみんな荷造りしたのさ。そこにヴァイダの持ちものを見つけたとき、あいつは『ほんとうに間に合ってよかった！』といったね。それから、おれにそれを全部外に持ち出させ、おれはそれ以来、ここにすわってたってわけだ」

わたしは、階段の上に積み重ねられている、わずかばかりの粗末な持ちものを見た。それにすら気づいていなかったのだ。

「そんなこと信じられない」わたしはいった。「おれが行って、なにもかも誤解だといって——」

ちょうどそのとき、その女がデスクの背後で立ち上がり、玄関のドアのほうにきわめて攻撃的な物腰でやって来て、ドアを開くと外には足を踏み出さずに叫んだ。「たった今すぐ、そのろくでもないものを持って出て行ってちょうだい。そして、本でも持って来るのでなければ、二度と戻って来るんじゃないのよ！」

「なにか誤解があったようです」わたしはいった。

「そうでしょうとも」その女はいった。「わかってますよ、その誤解はあんたです。さようなら。ろくでなし！」

その女は後ろを向いて玄関のドアを閉めた。ドアはまるで彼女に従うように閉まった。わたしは、ソドムの町から逃げ出すときに後ろを振り向いたばっかりに塩の柱にされたロトの妻のように、そこに立っていた。

ヴァイダはまるで狂ったみたいに笑い、フォスターも大声で笑った。ふたりはわたしのそばの歩道で小さく踊りだした。

「なにかの誤解です」わたしは途方に暮れて叫んだ。

「あの女のいったことが聞こえただろ」フォスターはいった。「こん畜生！　こん畜生！

こん畜生め！　洞窟の仕事から抜け出られて、こんなに嬉しいことはないぜ。結核にでもかかるんじゃないかと思ってたんだ」

「ああ、ダーリン」ヴァイダは踊るのをやめ、わたしに両腕を巻きつけていった。そのあいだに、フォスターはわたしたちの持ちものをヴァンに積みこみはじめた。「おまえはたった今、馘《くび》になったんだ。これからは普通の人間なみに生きていかなきゃならん」

「信じられない」わたしは溜息《ためいき》をついた。それから、ふたりはわたしをヴァンに乗せた。

「さてと、これからどうするね？」フォスターがいった。

「わたしのところに行きましょう」ヴァイダがいった。「リヨン・ストリートを曲がったところよ」

「おれはいつだってトラックのなかで寝られる」フォスターはいった。

「だめよ、わたしのところには三人を収容しきれるくらいの部屋がたっぷりあるんだから」ヴァイダがいった。

　とにかく、ヴァイダがヴァンを運転することになり、彼女はヴァンを年代ものの鉄の柵が前面にある大きな赤い板ぶき屋根の家の前にとめた。柵はどうにも無力に見えた。時がその獰猛《どうもう》さを奪ってしまい、そしてヴァイダは屋根裏に住んでいた。

　彼女のところは気持ちよく、なんの飾りもなくあっさりしていた。実際、家具もなく、壁は白く塗られていたが、そこになにもなかった。

わたしたちは、中央に低い大理石のテーブルをのせた厚い白い絨毯《じゅうたん》の上にすわった。

「なにか飲む？」ヴァイダがいった。「わたしたち全員、なにか飲まなきゃ」

フォスターは笑った。

ヴァイダは、グラス一杯に氷を入れて最高にドライなウォッカのマティーニを作ってくれた。ベルモットは一滴も入れなかった。飲みものはねじったレモンの皮を入れてできあがった。レモンは氷のなかに花のように横たわっていた。

「なにかレコードをかけるわね」ヴァイダはいった。「それから、夕食の用意をするわ」

わたしは自分の図書館を失ったショックから立ちなおっていず、そのうえにほんとうの家をふたたび目にして驚いていた。そのふたつの感情は夜に航海する船のように通り過ぎた。

「こん畜生！　なんてうまいウォッカだ！」フォスターがいった。

「だめだ、ハニー」わたしはいった。「きみは休んだほうがいい。ぼくがなにか作るから」

「いいや」フォスターがいった。「ごく簡単な朝食で充分さ。フライド・ポテトと卵と玉ねぎをいためて、その上にケチャップをたっぷりとかけるんだ。材料はある？」

「ないわ」ヴァイダはいった。「でも、カリフォルニアとディヴィサデーロをおりたところに店が開いているわ」

「オーケイ」フォスターはいった。

彼はウォッカをぐいとあおった。

「そうそう、金は残ってないか？　おれは文無しなんだ」

わたしがフォスターになけなしの二ドルを手渡すと、彼は買いものに出た。

ヴァイダはプレイヤーにレコードをかけた。それは《ラバー・ソール》というビートルズのアルバムだった。わたしはビートルズをいちども聴いたことがなかった。それくらい長く、図書館にいたことになる。

「あなたに、これをまず聴いてもらいたかったのよ」ヴァイダはいった。

わたしたちはその場に静かにすわってレコードを聴いた。

「だれが歌ってるんだ？」わたしはいった。

「ジョン・レノン」ヴァイダが答えた。

フォスターが食料品を持って戻り、それから、夕朝食なるものを料理しはじめた。しばらくすると、屋根裏部屋は玉ねぎの匂いでいっぱいになった。

それが何カ月か前のことだった。

今は五月も末で、わたしたちはバークレーにある小さな家に住んでいる。小さな裏庭もある。ヴァイダはノース・ビーチのトップレス・バーで働いているので、この秋には大学に戻れるだけの金は貯えられるだろう。彼女はもういちど英語の試験を受けなおしてみる気でいる。フォスターにはパキスタンから来ている交換学生のガールフレンドができた。彼女は二十歳で、社会学を専攻している。

　そのガールフレンドは別の部屋で本格的なパキスタン料理を作っており、フォスターは片手に罐《かん》ビールを持って彼女を見守っている。彼はサン・フランシスコにあるベツレヘム・スティールに職を見つけ、ドックに入れられている航空母艦で夜、働いている。今日はフォスターの休みの日だ。

　ヴァイダはなにやら用足しに出かけており、もうすぐ帰って来るだろう。彼女も今夜は働かない。わたしは午後を、何百人というアジ演説をした学生たちが一九六四年に留置場に連れて行かれたスプラウル・ホールの真向かいにあるテーブルで過ごした。アメリカン・フォーエヴァー・エトセトラへの寄付を集めていたのだ。

　わたしは昼飯時に、噴水のそばにテーブルを据えるのが気に入っていた。何千という色とりどりの花びらのようにサッター・ゲイトに流れこんで来る学生が見られるからだ。わたしはその学生たちの知性的な香水を嗅《か》ぎ、スプラウル・ホールの階段で正午に催される政治集会に参加するのが好きだ。

　緑色の木やレンガやわたしを必要とする人たちに囲まれた噴水の近くにいるのは、気分がとてもいい。その広場のまわりには、たくさんの犬さえもがうろついている。すべてがさまざまな形をし、さまざまな色をしている。カリフォルニア大学で、こういったものを見つけるのは重要なことだとわたしは思う。
わたしがバークレーで英雄になるだろうといったヴァイダの言葉は正しかった。

訳者あとがき

一九八四年十月、銃で自殺していたリチャード・ブローティガンの死体が発見されたというショッキングなニュースが報じられた。そのときは信じられない思いがしたが、今でも正直なところ半信半疑である。彼の初期の作品には、そういった兆候はまったくみられないほど穏やかであるが後期の作品になると、なにかやりきれないものを感じさせられるからである。しかし、客観的には、ブローティガンの自殺は間違いない事実のようだ。なによりも悲しいことは、彼の住んでいたところがカリフォルニアの片田舎の一軒家であるにしても、何日間もだれにも発見されずにいたことである。

一九六〇年代後半から一九七〇年代にかけて、彼はアメリカの若者のイコン的な存在であった。しかし、このことは彼にとって不幸であった。時代の寵児に祀り上げられて、作品そのものの真価が理解されなかった。ブローティガンが登場したのはビート・ジェネレーションからフラワー・ジェネレーションへの移行の中で、彼はドロップ・アウトの時代の象徴ともなった。しかし、初期の数点は好評で、ベストセラーにもなったが、フラワー・ジェネレーションの終焉とその後の新作が不評だったことから、彼の人気は急速に落ちた。彼はモンタナの田舎に隠遁同様の生活を送るようになり、ほとんど忘れ去られたなかで自殺したのだった。

もうひとり、作風や環境は違うが、同じように、自殺の道をたどった作家がいる。イエールジ・コジンスキーである。私はこの作家の作品も翻訳している。彼の出世作は『異端の鳥』*The Painted Bird* で、一九六五年にアメリカで出版され、その内容の特異性から、大きな話題を呼び、とくにフランスでは、アメリカよりも先にその価値が認められた。一九五七年、彼はポーランドから、英語がほとんどできないままアメリカに移住して、わずか数年足らずで、英語をマスターし、わずか三年で、ノンフィクション作家としてのデビューを果たし、八年後には『異端の鳥』で、一流の小説家の仲間入りをするまでになったのである。そして、一九六八年に出版された『異境』*Steps* で、アメリカでもっとも権威のある文学賞、全米図書賞を受賞したのである。

コジンスキーを私に紹介してくれたのは、作家のアナイス・ニンで、自分にはあまりにも刺激が強すぎるが、注目すべき新人作家であると推奨した。ニンの主催したパーティーで、私はコジンスキーに会った。眼光鋭く鷹のような顔が印象的で、『異端の鳥』の主人公の少年を思い起こさせた。『異端の鳥』は第二次大戦の東欧を舞台に、ひとりのユダヤ人少年が、迫害にあいながら過酷な放浪を続ける物語で、戦争がもたらす人間の残酷性と同じように人間の無知も恐怖と虐待をもたらすのである。原題を文字通りに訳すと〝彩色された鳥〟となるが、捕らえた鳥に色を施して仲間のもとに戻すと、その鳥は異端視され、襲われ、突っつき殺されるという意味がこめられている。

彼の初期の作品には常に死がつきまとい、このことは彼の実生活にもついてまわる。彼自身、『異端の鳥』と同じような少年時代を送っており、イエール大学で教鞭を執ったとき、彼の文学的テーマはもっぱら〝死〟であった。授業のなかでも学生に自殺をすすめ、学生からブーイングをくらっている。

コジンスキーはブローティガンとはある意味で正反対で、彼はアメリカの文学界のメイン・ストリートを歩き続け、アメリカ・ペン・クラブの会長を二期務めている。ブローティガンと似ているのは、初期の作品に比べて、後期の作品になるほど不評で、健康にも問題が生じ、そして、一九九一年五月に、彼の自殺体が発見されたのだった。享年五十七歳であった。彼は遺書を残してはいず、また、自殺の方法も異常であった。彼は幼児体験から水に恐怖心を抱いていた。ところが、彼は水を溜めた浴槽の中にビニールで顔を包み、窒息死した状態で発見されたのだった。

ふしぎなことに、文筆家の自殺にはほとんどの場合、物書きであるにも関わらず遺書が残されていない。ブローティガンもコジンスキーも、健康を害し、創造力の低下が自殺の原因であるとされているが、このふたりの場合、それだけが原因であるとは考えられないのである。ふたりとも自分が恐怖を感じているものを使って、ブローティガンは銃で、コジンスキーは水で、命を絶っている。そのことを考えると、かれらにとって、死は挑戦であり、克服すべき対象ではなかったかと思わざるを得ないのである。死は否定でなかったと私は信じたい。

その意味で、ふたりの作品はかならず見直され、新しい世代に読み継がれるだろう。

リチャード・ブローティガンが本格的に日本に紹介されたのは、一九七五年のことで、彼の代表作『アメリカの鱒釣り』を皮切りに、本書とほか二点が邦訳出版され、ブローティガンは急速に日本で読者を獲得していった。本書の私の作品を除いては、大半は藤本和子氏の訳で、氏は単にブローティガンの翻訳者としてだけではなく、情熱を持って正しく彼を日本に紹介している。彼の作品ほぼ全点が翻訳され、ブローティガンが日本では絶えることなく、根強い人気を維持してきたのは氏の功績である。

本書『愛のゆくえ』の原題は *The Abortion : An Historical Romance 1966* となっており、一九七一年にサイモン・アンド・シュスター社から発行された。これまでの彼の作品のなかではもっとも長い小説である。

ブローティガンという作家は現代のマーク・トウェインと呼んでもいい、きわめてアメリカ的な作家で、アメリカの土のにおいがぷんぷんとにおう、官能的な作風を持った作家である。官能的といっても、ここでは性的な意味のそれではなく、彼の文体がかもしだす感覚的な柔らかみを意味しているのである。

ブローティガンの作品に一貫して流れているものは、物質文明の拒否とその文明社会からの逃避である。逃避というよりは絶縁といったほうが適当かもしれない。

彼の作品に登場する人物は、世間的な見方からすれば、人生の敗北者であり、敗残者であるが、しかし作者の目からすれば、もっとも人間的であり、精神的なのである。

ブローティガンは先にも述べたように、ビート・ジェネレーションとフラワー・ジェネレーションのちょうど中間に出てきた作家である。ときにはビート・ジェネレーションの詩人として扱われることもあり、短いインタビューがブルース・クック編の *The Beat Generation* に収録されている。しかし、彼をビート・ジェネレーションの作家ときめつけるのは早計である。というのは、ビート・ジェネレーションの作家たちは現代の物質文明に強烈な抵抗を試み、自分たちこそ祝福された人間であると積極的であるのに対して、ブローティガンは抵抗もしなければ、自己主張をすることもなく、むしろ、ソローやホイットマンの時代の、はたして存在したかしないか定かでない自由なアメリカに憧《あこが》れ、ファンタジーの世界に生きているからである。

ブローティガンがファンタジー作家ともいわれるゆえんである。

彼の処女作は一九六四年に発表された『ビッグ・サーの南軍将軍』（藤本和子訳　河出書房新社）で、ふたりの若い青年を主人公にしたアメリカ的田園小説である。ここに登場する主人公たちは、やさしく、気が弱く、内気で、アメリカ文明社会に馴染めずに、世捨人に近い生活を送っているが、これは彼のすべての作品に登場する人物に共通している。ビッグ・サーという地名は、アメリカの若者たちにとっては、現代のアメリカの物質文明を否定する代名詞で、すぐさま頭に浮かぶのは、ヘンリー・ミラーであり、ジャック・ケルアックであり、そして若者たちのコミューンである。現代のアメリカで最後に残された田園的な自由の地の代名詞と考えられているほどである。

このあとに発表したのが、彼の作家としての地位を決定的にした『アメリカの鱒釣り』（藤本和子訳　晶文社）で、一九六七年にサン・フランシスコのフォー・シーズンズから発行された。

彼の作品のなかでは、もっとも難解で実験的な小説である。ストーリーというストーリーもなく、四十七の短い章というかエピソードから構成されていて、それもばらばらに、それぞれおたがいに、ほとんどなんのつながりもなく、独立したエピソードになっている。

若い男とその家族が完全な自由と独立のもとで生きようとするが、それは現在のアメリカでは不可能であることを悟るというのが、そのテーマであって、それが回想と瞑想《めいそう》と幻想という意識の流れを通して語られる。

四十七のエピソードがなんの秩序もなく、ばらばらに組み立てられているのは、話者の完全に自由で、独立した生活を求めようとする意志と、また同時に各エピソードが話者の意識の流れのままに語られているということもあってのことなのだろう。

とにかく、『アメリカの鱒釣り』はアメリカの若い世代の人生読本として愛読され、この作品で、ブローティガンは若い学生たちの新しい英雄となったのである。

第三作の小説は翌年の一九六八年に発表された『西瓜糖の日々』（藤本和子訳　河出書房新社）で、彼の作品のなかでは、もっともファンタジー色の強い小説である。ここに登場する人物たちも、ほかの作品の場合と同じように、内気で、孤独で、気が弱く、世捨人的な生活を送っている。

舞台はカリフォルニアのある想像上のコミューンで、現実離れをした、一種のユートピアの世界である。ここには自動車も電気もなく、アメリカの文明社会からは完全に孤立しており、人々は単純な生活を送っている。

この地域では、一週間、毎日ちがった色をした太陽がのぼり、それによって穀物や西瓜《すいか》もちがった育ち方をし、人々は豊かな稔りを楽しんでいる。ある意味ではユートピア幻想小説と読んでもいいくらいだが、また同時にふしぎなほど現実感を伴っており、それが彼の作品をきわめて魅力的なものにしているのだろう。

このあとに発表されたのが本書である。彼の作品中、もっとも長い、またもっとも小説らしい小説である。

　主人公は図書館員であるが、ここでもまたほかの小説の主人公と同じに、外界とは完全に孤立して、数年間、図書館から外には一歩も出ていない。また、この図書館というのがきわめて風変わりな図書館で、普通の図書館のように本を閲覧させたり、貸し出したりするのではなく、〝人生の勝者ではない人々が自分の書いた本を持ちこんで来るところ〟なのである。出版するとか、人に見せるのが目的ではなく、書き上げた作品をこの図書館の棚に置き、登録するだけで、作者たちは満足して帰る。その本が、しばらくたつと、カリフォルニアのどこかの洞窟《どうくつ》のなかに保管されるということをたとえ知っても、それはどうでもよいことなのである。

　この作品の主人公も自分の書いた本を持ち込んだなかのひとりで、そのときの図書館員が子供が怖くて、ここを逃げだしたいというので、彼が代わって、この図書館を引き継いだのだった。

　彼はこの図書館では三十五人目か三十六人目にあたるが、これは本書を理解するためのひとつの手掛かりとなる。というのが、これが書かれた当時は、ジョンソン大統領時代で彼は三十五代目、ないしは三十六代目の大統領にあたるからである。三十五代目か三十六代目とあやふやなのは、クリーヴランド大統領をどう数えるかによって、三十五代目にも三十六代目にもなるためである。そういう意味ではこの図書館はアメリカという国の暗喩《あんゆ》と考えることもできるのである。そうなるとこの内気で、情緒不安定な図書館員はアメリカ大統領にあたり、本を持ちこんで来る人々はアメリカの市民ということになる。

もちろん、本書をそれだけのものであると考えて一面的な読み方をするのは危険で、あくまでもひとつの暗喩として読むべきである。

主人公はこの単純で、波乱のない隠遁《いんとん》生活を気に入っており、図書館から外のことはいっさい気にかけていない。そんな主人公に大きな変化をもたらすのが、この図書館に本を持ちこんで来た、若い美しい娘のヴァイダである。彼女は自分の肉体があまりにも美しすぎることで、自分を憎み、世間を嫌っている。四歳の男の子からはじまって、男という男が彼女の肉体に触れたがり、そのなかに住んでいる彼女自身にはまったく興味を示さないからである。

ヴァイダという名前は Vida と綴り、この人名はラテン語の Vita からきていて、その意味は生命、人生である。普通はヴィダと発音されるが、本文中にもあるように、彼女はヴァイダと発音しているので、訳者のほうもそれに統一をした。本来なら、Vida とそのまま表記しておくのが、本書を面白く読むためにはいいことかもしれない。

ふたりはおたがいに似た者同士であることを直感し、ヴァイダはその夜から図書館に彼と同棲《どうせい》するようになる。そしてまたたくうちにヴァイダは妊娠する。ふたりはまだ子供を育てられるような状態にないので、堕胎をすることに決め、彼の友人の紹介でメキシコに行き、堕胎を受ける。

主人公は数年ぶりで外に出、高速道路を走り、飛行場に行き、飛行機に乗り、まともにアメリカ文明社会の最尖端と接するわけで、サン・フランシスコの空港は〝不毛〟という言葉で象徴されるように、常に土の豊かさと対比される。

堕胎という行為は、文学の世界では死とか悲しみをもたらすのが普通であるが、ここではちょうど、朝起きて、歯を磨き、顔を洗うといった行為と同じで、フォークナーの『野生の棕櫚《しゅろ》』やヘミングウェイの短篇小説「白い象のような山々」やジョン・バースの『旅路の果て』などに描かれているように劇的ではない。

この堕胎の部分で象徴されるように、本書自体が劇的な効果を意図的にいっさい省かれており、アンチ・ドラマティック、アンチ・ヒロイックに描かれている。これはこれまでの小説作法を無視した、きわめて大胆な方法なのである。これは彼のほかの作品にも共通していえることで、リチャード・ブローティガンの世界は徹底してアンチ・ドラマティック、アンチ・ヒロイック、である。

本書のサブ・タイトルは〝ある歴史的なロマンス　一九六六〟となっているが、この年はフラワー・ジェネレーションの言葉で代表されるように〝愛と平和《ラヴ・アンド・ピース》〟の動きがサン・フランシスコからニューヨークに拡がり、若者たちのあいだに新しい可能性を求める動きが、もっとも華やかな、年であった。そして、ビートルズが解散もしていず、その頂点にある年だった。それから五年後、この小説が完成したときには、ビートルズは解散し、愛と平和の運動に見られた若者たちの生命力も活力もすでに過去のものとなっており、その意味で本書は悲しい、ノスタルジックな哀歌ともいえるだろう。

　本書は文学的に完成された作品とは言い難いが、それを超えて魅力ある作品で、人間のやさしさ、可能性をみずみずしく描いていて、読んだあとに幸せな気分に浸してくれる。


　リチャード・ブローティガンは一九三五年に太平洋岸の北西部にあるワシントン州タコマに生まれた。子供の頃は、ワシントン州やオレゴン州、モンタナ州といった山岳地帯で育ったが、一家は貧しく、彼は大学に入ることもできず、いろいろな職業を転々とし、一九五八年にサン・フランシスコに出て来た。その頃は、ちょうどビート・ジェネレーションが最盛期にあって、そのことはブローティガンにとっては彼らの運動に参加するには遅すぎたことを意味しており、その関わり合いは、きわめて短く、ほんの端っこをかじった程度のものであった。

　しかし、ビート・ジェネレーションが彼に与えた影響は大きく、彼はビート詩人たちから詩を書くことを学んだのである。一九六〇年代に入り、ビート・ジェネレーションのあとに俗にいうヒッピー族、すなわち、フラワー・ジェネレーション、あるいはラヴ・ジェネレーションが現われた。ブローティガンはちょうど、その中間にある。朝鮮戦争のあと、一九六〇年代後半、アメリカはベトナム戦争へと突入し、その一方で人権差別に対する公民権運動も活発化し、アメリカは大きく揺れていた。暴力が激化する一方で、多くのアメリカの若者がこういった世界から自らを隔絶し、現実から遊離した、ある種のユートピア運動に身を投じた。それがフラワー・ジェネレーション、あるいはラヴ・ジェネレーションである。ブローティガンの初期の作品はそういった若者たちにとって、バイブル的な存在となった。それだけではなく、彼の数々の作品は当時のアメリカの若者の新しい青春小説ともなった。しかしブローティガンにとって不幸なことに、彼の作品はファッション的な感覚で受け入れられたこともあって、ある時間が過ぎると、過去のものになってしまった。

しかし、彼の作品は時の試練を受けて、再びよみがえろうとしている。人類が暴力をふるい、暴力にふりまわされる間、ブローティガンの作品はそのアンチテーゼとして、また癒しとして、愛読されつづけるだろう。日本の若い人たちにもぜひ読んでいただきたいと願っている。

ブローティガンの作品は死後にも遺稿が見つかり、また、アメリカではこのところ彼への再評価が高まり、その作品や彼に関する著作物が盛んになってきている。邦訳リストや未翻訳リスト、またブローティガンという人物を知るには藤本和子氏の『リチャード・ブローティガン』（新潮社）は最適の書である。

最後に、本書の発刊には、早川書房の光森優子さんに大変な協力と助言を得たことをここに記し、謝意を表わしたい。

二〇〇二年七月

ブローティガンと作家の死

作家
高橋 源一郎

リチャード・ブローティガンは一九八四年十月、カリフォルニアの自宅で、たったひとりで死んでいるところを発見された。死体のそばにはウィスキーの瓶とピストルがあった。死体は腐乱していて、最初のうち、それが誰だかわからなかった。

ブローティガンが死んだというニュースを聞いた時、ぼくは、小説家になってまだ数年しかたっていなかった。ぼくはひどく驚いた。そして、呆然としたままで会った詩人の谷川俊太郎さん（谷川さんはブローティガンの友人でもあった）が、すごく暗い顔をして「ブローティガンが死んじゃったよ。ああ」と何度も呻いていたのをよく覚えている。

でも、驚いたのは、ブローティガンが死んだことではなかった。なんだか、当然のような気がしたことだった。

作家だって自殺をする。この言い方は変だろうか。誰だって自殺をするのだ、作家が自殺をしたって不思議はない。けれど、そこに、ぼくたちは、なにか秘密めいたものを見つけようとする。他のどんな人間の自殺より、作家の自殺は、人々の興味をひく。なぜなら、人々は、その死の背後に、彼の「文学」を見つけようとするからだ。

三島由紀夫は、自衛隊員たちの前で演説をしてから、切腹して死んだ。彼は、この国の未来を愁い、そのために死んだ、といわれている。そして、彼の作品を読んでいたぼくたちは、なんだか、それも無理はない、と思った。

川端康成はガス自殺だった。異様なまでに美を追究し続けた作家は、ついに、美の対極に立つ「老い」というものに耐えられなかったのか、とぼくたちは思った。つまり、それも無理はない、と思った。

ヘミングウェイがライフル銃で自分の頭を撃ち抜いた時、やはり、多くの読者たちは、ショックと共に、来るべきものが来た、と思った。彼の生涯、行動、作品は、最後にそこに行き着いても不思議はないと思えた。

つまり、彼らの小説家としての生涯は、死をもって完結しているように、ぼくたちには見えたのだ。

そして、リチャード・ブローティガンの死。

はじめに書いたように、ぼくは（そして、おそらく彼の読者の多くは）、ブローティガンの死を、当然のこととして受け取ったような気がするのである。

ブローティガンの生涯を簡単にスケッチしてみよう。

彼は一九三〇年代の半ばに生まれ、五〇年代にカリフォルニアに姿を現した。ジャック・ケルアックやアレン・ギンズバーグといったビート・ジェネレーションの作家たちが活躍するカリフォルニアに。そこで、彼は無名の詩人となった。そして、六〇年代、ヒッピー文化の興隆に合わせるように書かれた、詩とも小説ともつかない不思議な作品『アメリカの鱒釣り』で、いわゆるカウンター・カルチャーの英雄となった。ブローティガンは、お堅い純文学でもなく、都会風の洒落た小説でもなく、読者にウケることだけを狙ったエンタテインメントでもない奇妙な作品の書き手として一世を風靡する。

ベトナム戦争や黒人の公民権運動を背景にして、体制ではなく反体制（というより、ほんとうは脱体制だったろう）、義務ではなく自由、戦争ではなく愛、社会ではなく個人、労働ではなく遊び、ドロップアウト、アウトサイダー、ドラッグ、ロック、フリーセックス、あらゆる価値の転換を願う若者たちにとって、ブローティガンの作品は、理想の文学に見えたのである。

だが、やがて、時は流れる。あらゆる価値の転換を願う若者たちは少しずつ社会の中へ戻っていき、ブローティガンの文学は少しずつ忘れられていった。その時だった。彼の死が伝えられたのは。

ブローティガンが死んだのは、時代に置き去りにされたから？　自分の文学がもう古くなったことに絶望したから？　なにも書けなくなったから？

確かに、そのどれもに、少しずつその原因が含まれているにちがいない。けれど、ぼくは、多くの優れた作家たちと同じように、彼の自殺は、彼の生涯という作品を完成させるものだったのではないかと思うのだ。


ブローティガンの作品にはたくさんの死がちりばめられている。アメリカ文学を代表する偉大な作品となった『アメリカの鱒釣り』は、銀鱗を輝かせて「釣られる」鱒が「主人公」だ。鱒がもっとも輝く瞬間、それは、釣られる瞬間だ。そして、それは、すなわち、死の瞬間なのである。

この小説、『愛のゆくえ』もまた、濃厚な死の影に覆われている。『愛のゆくえ』の原題を正確に訳すと『妊娠中絶――歴史的ロマンス一九六六年』となる。「妊娠中絶」とはなんだろう。それは、「生」に先立つ「死」そのものではないだろうか。

『愛のゆくえ』は、ブローティガンの全作品の中で、ぼくがいちばん好きな作品だ。種明かしをするなら、ぼくのデビュー作となった『さようなら、ギャングたち』で、主人公が勤める「詩の学校」は、この『愛のゆくえ』の主人公が勤める、世界にたった一部しかない本を収蔵する図書館がモデルとなっている。

世界中の無名の人々が丹精をこめて書き上げた、たった一冊の本。それは結局、この、不思議な図書館の書架に並ぶしかない。つまり、他の誰にも読まれることはないのである。そんな、孤独な本の山に囲まれて、『愛のゆくえ』の主人公である図書館員は暮らしている。図書館から一歩も出ず、現実の世界の一切と交渉を断って、彼は生きている。

いまなら、ぼくたちは「引きこもり」という言葉を使うが、この小説が書かれた当時には、そんな便利な言葉はなかったのである。

ぼくは、ブローティガンが作りだした、その孤立した世界に激しく魅かれた。それは、ぼくもまた孤立した世界の中で「引きこもり」をしていたからだった。その頃、ぼくはようやく小説を書きはじめていたが、それは『愛のゆくえ』の中で、図書館に本を届ける人たち、窓のないホテルの部屋で暮らす老婆が書いた、蠟燭の光りで花を育てることについての本や、下水道で働く男の書いた下水道の本のようなものだ、とぼくは思った。

あまりにも孤立した人たちは、その状態を、ついには当然のものと思い、他人とのコミュニケーションを諦めてしまうのである。

しかし、本を書くとは、小説を書くとは、その孤立から抜け出て、広い世界へ言葉を送り届けることではないだろうか。

だから、『愛のゆくえ』の主人公は、この小説の最後で、愛する女と共に、ついに図書館を去り、外の世界へ旅立つのである。

この本を読み、ぼくは、図書館に一冊の本を届ける「引きこもり」の人たちの一人であることを止《よ》そうと思った。世界の果ての図書館の壁にではなく、どこかにいる読者たちに向かって、言葉を紡ぎだそうと思ったのである。

だが、ブローティガンはどうだったろう。


いま、ブローティガンの他の作品と共に、『愛のゆくえ』を読み返すと、図書館を出て、広い外の世界へ脱出してゆく主人公の心が、それほど晴れやかでないことにぼくたちは気づく。図書館の中で「引きこもり」をしていた時の落ち着きを、彼は失っているのである。

もしかしたら、彼は、図書館にいた時、彼が相手をしていたひとりひとりのことを忘れることができなかったのではないだろうか。たくさんの、たくさんの、無名の、孤独な、魂たち。彼らの呟きや叫びを聞く者は彼だけだったのだ。彼が図書館を出た時、確かに、世界はひとりの優れた作家を獲得した。しかし、同時に、「引きこもり」の中で暮らし、どこにも言葉を届けることの出来ない孤独な人々は、その言葉を届ける唯一の相手を失ったのである。

もちろん、『愛のゆくえ』の図書館も、その図書館に置くためのたった一冊の本を書く無名の「作家」も実在しない。しかし、そんな場所は、どこかにあり、それほどまでに孤独な人たちは、どこかに必ず存在するのである。

ブローティガンは、その「孤独」を知る、数少ない作家のひとりだった。彼は少しずつ書かなくなり、ひとりで閉じこもるようになった。彼は、彼が出発した「図書館」に戻った。それは彼の「生」の前にあった「死」の場所だったような気が、ぼくにはするのである。

二〇〇二年七月

本書は一九七五年三月に新潮文庫より
刊行された作品です。

すべての美しい馬

All the Pretty Horses

コーマック・マッカーシー
黒原敏行訳

〈全米図書賞・全米書評家協会賞受賞作〉

一九四九年。祖父が死に、愛する牧場が人手に渡ると知った十六歳のジョン・グレイディ・コールは、自分の人生を選びとるため親友と愛馬と共にメキシコへ越境した。ここでなら、牧場で馬と共に生きていけると考えたのだ。だが、彼を待ち受けていたのは予期せぬ運命だった……至高の恋と苛烈な暴力を描く、永遠のアメリカ青春小説

ハヤカワepi文庫

青い眼がほしい

The Bluest Eye

トニ・モリスン
大社淑子訳

誰よりも青い眼にしてください、と黒人の少女ピコーラは祈った。そうしたら、みんなが私を愛してくれるかもしれないから。美や人間の価値は白人の世界にのみ見出され、そこに属さない黒人には存在意義すら認められない。自らの価値に気づかず、無邪気に憧れを抱くだけの少女に悲劇は起きた――白人が定めた価値観を痛烈に問いただす、ノーベル賞作家の鮮烈なデビュー作

オリーヴ・キタリッジの生活

Olive Kitteridge

エリザベス・ストラウト

小川高義訳

〈ピュリッツァー賞受賞作〉アメリカ北東部にある港町クロズビー。一見平穏な町の暮らしだが、人々の心にはまれに嵐も吹き荒れて、癒えない傷痕を残していく――。住人のひとりオリーヴ・キタリッジは、繊細で、気分屋で、傍若無人。その言動が生む波紋は、ときに激しく、ときにひそやかに広がっていく。人生の苦しみや喜び、後悔や希望を、静謐に描き上げた連作短篇集

ハヤカワepi文庫

マジック・フォー・ビギナーズ

Magic for Beginners

ケリー・リンク
柴田元幸訳

〈ヒューゴー賞／ネビュラ賞／ローカス賞受賞作〉電話ボックスを相続した少年は、誰も出るはずのない番号に何度も電話をかけてみる。しかしあるとき彼が愛するＴＶドラマの主人公が出て、助けを求めてきた――異色の青春小説たる表題作ほか、国を丸々収めたハンドバッグの遍歴を少女が語る「妖精のハンドバッグ」など、瑞々しくも不思議な味わいの九篇を収録した短篇集

日の名残り

The Remains of the Day

カズオ・イシグロ
土屋政雄訳

人生の黄昏どきを迎えた老執事が、旅路で回想する古き良き時代の英国。長年仕えた先代の主人への敬慕、女中頭への淡い想い……忘れられぬ日々を胸に、彼は美しい田園風景の中を旅する。すべては過ぎさり、取り戻せないがゆえに一層せつない輝きを帯びた思い出となる。執事のあるべき姿を求め続けた男の生き方を通して、英国の真髄を情感豊かに描いたブッカー賞受賞作。

ハヤカワepi文庫

ハヤカワepi 文庫は，すぐれた文芸の発信源（epicentre）です。

訳者略歴　1936年生，早稲田大学大学院英文学科修了
英米文学研究家
訳書『最終作戦』ホイッティングトン（早川書房刊）
『いちご白書』ジェームス
『オリンピア・プレス物語』ジョア
他多数

愛《あい》のゆくえ

〈epi 21〉

二〇〇二年八月三十一日　発行
二〇二〇年五月二十五日　五刷
（定価はカバーに表示してあります）

著者　リチャード・ブローティガン
訳者　青《あお》木《き》日《ひ》出《で》夫《お》
発行者　早川浩
発行所　株式会社　早川書房
郵便番号　一〇一－〇〇四六
東京都千代田区神田多町二ノ二
電話　〇三－三二五二－三一一一
振替　〇〇一六〇－三－四七七九九
https://www.hayakawa-online.co.jp

乱丁・落丁本は小社制作部宛お送り下さい。
送料小社負担にてお取りかえいたします。

印刷・中央精版印刷株式会社　製本・株式会社フォーネット社
Printed and bound in Japan
ISBN978-4-15-120021-2 C0197

本書は活字が大きく読みやすい〈トールサイズ〉です。